INAUGURATION DU MONUMENT D'ÉMILE AUGIER

Dimanche 17 Novembre 1895

Vous êtes prié d'assister à l'inauguration du Monument d'Émile Augier, qui aura lieu sous la Présidence de Monsieur le Ministre de l'Instruction Publique, des Beaux-Arts et des Cultes,

le Dimanche 17 Novembre 1895,

à dix heures précises du matin, Place de l'Odéon.

LE COMITÉ

Gérôme, Président

MEMBRES : M. M.rs Alexandre Dumas, Jules Clarétie Rousse, Victorien Sardou, Georges Berger, B.on Edmond de Rothschild, Jules Barbier, Got.

La présente lettre d'invitation servira d'introduction sur la place.

GABRIELLE

COMÉDIE

EN CINQ ACTES ET EN VERS

PAR

ÉMILE AUGIER

PARIS

MICHEL LÉVY FRÈRES, ÉDITEUR

RUE VIVIENNE, 2 BIS

—◦—

1850

Monsieur Molé

hommage respectueux

E. Augier

GABRIELLE

COMÉDIE

Représentée pour la première fois à Paris, sur le Théâtre-Français,
le 15 décembre 1849.

Imprimerie de GUSTAVE GRATIOT, 11, rue de la Monnaie.

GABRIELLE

COMÉDIE

EN CINQ ACTES ET EN VERS

PAR

ÉMILE AUGIER

PARIS

MICHEL LÉVY FRÈRES, ÉDITEURS

RUE VIVIENNE, 2 BIS

—o—

1850

Personnages.

JULIEN CHABRIÈRE.	MM. RÉGNIER.
TAMPONET.	SAMSON.
STÉPHANE DARIAU.	MAILLART.
GABRIELLE, femme de Julien.	Mmes NATHALIE.
ADRIENNE, femme de Tamponet.	ALLAN-DESPRÉAUX.
CAMILLE, fille de Julien et de Gabrielle (6 ans).	CÉLINE MONTALAND.

La scène est à Lucienne, de nos jours.

GABRIELLE.

─o-)oⲟⲟⲟⲟⲟⲟⲟⲟⲟⲟⲟ-o─

ACTE PREMIER.

Le théâtre représente un salon au rez-de-chaussée, donnant sur un jardin. Porte au fond, et portes latérales au second plan. Une console au premier plan, à droite ; une cheminée avec une glace sans tain, au premier plan à gauche ; une table ronde sur le devant, à droite ; un canapé sur le devant, à gauche.

───

SCÈNE PREMIÈRE.

JULIEN, travaillant à droite, GABRIELLE, assise sur le canapé,
et tenant à la main un livre qu'elle ne lit pas.

JULIEN.

Article dix-neuf cent... Où diable est donc mon code ?
(Il cherche parmi ses papiers.)
Me voilà bien ! mon code est perdu... c'est commode !
Je n'ai qu'à me croiser les bras jusqu'à ce soir !

GABRIELLE.

Que cherchez-vous ?

JULIEN.

Mon code.

GABRIELLE, indiquant la console.

Il est dans ce tiroir.

JULIEN.

C'est donc un parti pris dont tu ne peux démordre,

1

De me déranger tout pour y mettre de l'ordre ?
Ma mère avait aussi cette démangeaison,
De serrer mes effets lorsque j'étais garçon ;
Et je n'ai pu jamais obtenir de sa grâce
Qu'elle laissât un peu mon pêle-mêle en place.

GABRIELLE.

N'apportez pas ici vos vilains livres gras,
Et chez vous, je vous jure, on n'y touchera pas.

JULIEN, se levant.

Ceci, ma chère enfant, prête à la parabole.
Ce livre gras fait honte à ton salon frivole ;
Ton meuble est peu flatté de frayer avec lui,
Et le relèguerait volontiers à l'étui.
Regarde-le pourtant ce livre qu'on rudoie :
C'est parce qu'il est gras que ton meuble est de soie.

GABRIELLE, se levant.

Le sens de l'apologue ?

JULIEN.

Il est un peu lointain.
Je suis sentencieux comme un Turc, ce matin !

(Il l'embrasse.)

Embrasse-moi, ma chère. A tout prendre, le livre
Est encor trop heureux s'il peut te faire vivre.

GABRIELLE.

Est-ce un reproche ?

JULIEN.

Non.—Sans doute je voudrais
Te voir prendre une part à tous mes intérêts,
T'inquiéter un peu comment vont mes affaires,
Et si pour ton bonheur mes efforts sont prospères ;
Mais ce n'est pas ta faute, et le mal n'est pas grand

En somme, que cela te soit indifférent.

GABRIELLE.

Mais avouez qu'aussi vous ne m'en parlez guères.

JULIEN.

Que veux-tu ? je t'ai vue à ces détails vulgaires
Bâiller de si bon cœur, que j'ai fait le serment
De ne t'induire plus en pareil bâillement.

GABRIELLE.

J'ai toujours eu l'esprit si rempli de paresse !
Mais j'avais tort. Il faut que cela m'intéresse,
Puisque le seul travail que nos faibles cerveaux
Puissent faire ici-bas, est d'aimer vos travaux,
Et que nous ne comptons dans notre vie oisive
Pour tout événement que ce qui vous arrive.
Entretenez-moi donc de tous vos intérêts,
Et si je bâille un peu, j'écoute à cela près.

(Elle se rassied)

JULIEN.

Je la saisis au vol cette bonne pensée !
Elle va sur-le-champ être récompensée.

(Il s'assied près d'elle.)

Sache que nous marchons, que nous roulons plutôt
Sur le rude chemin de fortune au grand trot :
J'ai quinze mille francs chez Lassusse; dix mille
Chez Blanche, hypothéqués sur sa maison de ville;
Ma réputation prend un rapide essor;
Un ministre — et celui de la justice encor !
Sur le seul bruit que fait ma petite éloquence,
D'un gros procès qu'il a m'a donné la défense;
Et cela met un homme en posture au Palais,
Tu comprends.

GABRIELLE.

Oui, très bien.

JULIEN.

Mes gains ne sont pas laids,
Je fais, bon an mal an, vingt mille francs ; je gage
Que j'en vais faire trente et même davantage.
Or, nous en dépensons douze mille environ,
N'est-ce pas ?

GABRIELLE.

Oui.

JULIEN.

Mettons quinze pour compte rond :
C'est au bout de dix ans, en bonne arithmétique,
Cinquante mille écus pour notre fille unique...
Mais, ma foi ! si tout va de si belle façon,
Nous pourrons nous donner le luxe d'un garçon ;
Car je n'ai pas compté l'intérêt de la rente
Qui se capitalise, et que chaque an augmente.
Tu me suis ?

GABRIELLE, distraite.

Oui, très bien.

JULIEN.

Au bout de nos dix ans
Nous aurons de côté deux cent dix mille francs,
Et si... Pantagruel répondit à Panurge :
« Quand le printemps fleurit, il faut que je me purge. »
Je vois que tu comprends mes calculs.

GABRIELLE.

Oui, très bien.

JULIEN.

Merci ! Nous reprendrons plus tard cet entretien.

(Il se lève, et se dirige vers son travail.)

C'est plaisir de causer avec sa ménagère...
(Se retournant vers sa femme.)
On vous aime pourtant, pauvre tête légère !
(Il s'assied à sa table et travaille.)

GABRIELLE, à part.

Hélas ! il croit m'aimer... Quelle dérision !
Quand il ne va songeant qu'à son ambition !
Il m'aime ! il dit qu'il m'aime ! — O nature immortelle !
Pénétrantes senteurs de la feuille nouvelle !
Tranquillité des champs au soleil prosternés !
Est-ce là cet amour dont vous m'entretenez ?
Heureuse... s'il en est une entre mes compagnes,
Celle qui peut marcher à travers les campagnes,
Appuyant tout son cœur sur un bras bien aimé,
Selon le rêve ardent qu'elle s'était formé !
Nous partirions le soir, à cette heure sereine
Où l'ombre et le silence ont apaisé la plaine ;
Nous irions... Quel bonheur ! moi pendue à son bras,
Lui sur mon pas plus lent ralentissant son pas,
Et tous deux regardant tomber la nuit immense
Nous nous enivrerions d'amour et de silence !

JULIEN.

Gabrielle !

GABRIELLE.

Plaît-il ?

JULIEN, se levant.

Hors chez nous, où voit-on
Chemise de mari n'avoir pas un bouton ?

GABRIELLE.

Ah !—Mettez une épingle.

1.

JULIEN.

Il faut que je te gronde;
Mon linge est dans l'état le plus piteux du monde.

GABRIELLE.

Bien.—Je ferai venir une femme demain.

JULIEN, à part.

Ma mère m'aurait tout rapiécé de sa main.

SCÈNE II.

JULIEN, CAMILLE, GABRIELLE.

CAMILLE.

Maman, la blanchisseuse est là.

GABRIELLE.

Dis à ta bonne
De recevoir le linge.

JULIEN.

Eh ! reçois-le en personne,
Que diable! Daigne au moins gouverner ta maison!
Ce n'est pas exiger beaucoup de ta raison.

(Dès le premier mot de Julien, Camille est allée s'asseoir
sur le canapé.)

GABRIELLE.

Bien. J'y vais.

JULIEN.

A propos, notre tante Adrienne
Ne passe-t-elle pas ce dimanche à Lucienne?
Veille aux provisions, car l'oncle Tamponet,
Malgré sa poésie, est gourmand et gourmet.

Fais-lui faire, tu sais, ce machin au fromage...

GABRIELLE.

Ne vous mêlez donc pas des choses du ménage.

JULIEN.

J'imite l'empereur.

GABRIELLE.

En quoi, mon pauvre ami ?

JULIEN.

Je fais la faction du soldat endormi.

(Gabrielle baisse la tête et sort ; Camille la suit.)

SCÈNE III.

JULIEN, CAMILLE.

JULIEN.

Camille, où t'en vas-tu si vîte ?

CAMILLE.

Petit père,

Je vais dans le jardin jouer avec la terre.

JULIEN.

As-tu fait ta lecture ?

CAMILLE.

Oui... C'est-à-dire, non !

C'est dimanche aujourd'hui.

JULIEN.

Respect au droit canon.

Mais on peut embrasser son père le dimanche ?

CAMILLE.

Oh ! oui.

(Elle court à lui et l'embrasse sur les deux joues.)

JULIEN, la prenant dans ses bras.

Te voilà belle avec ta robe blanche!

CAMILLE.

C'est ma bonne qui m'a coiffée, et pas maman,
Parce qu'elle lisait dans un livre.

JULIEN, à part.

Un roman!

CAMILLE.

Pourquoi faire lit-elle après qu'elle sait lire?

JULIEN.

Ma foi, je serais bien en peine de le dire,
Car elle a constamment ouvert devant les yeux
Le livre le plus pur et le plus gracieux
Que poëte ait jamais tiré de sa cervelle...
Un enfant rose et blanc qui grandit autour d'elle!
— Tu ne me comprends pas, mais cela m'est égal.
Va, cher petit roman de mon destin banal,
Ma seule rêverie et ma seule aventure,
Ce n'est pas moi qui cherche un bonheur en peinture!
Ta présence suffit à verser largement
La gaîté dans mon cœur et l'attendrissement;
Et la seule chimère à laquelle je tienne,
C'est de jeter ma vie en litière à la tienne.
O cher trésor! — Elle est si belle, qu'on rirait
Si j'osais avouer qu'elle est tout mon portrait!
— M'aimes-tu bien au moins?

CAMILLE.

Oui, bien! bien!

JULIEN.

Va, cher ange,
Ton père t'aime aussi diablement en échange!

SCÈNE IV.

GABRIELLE, JULIEN, CAMILLE.

(Julien, en voyant sa femme, pose vivement sa fille par terre.)

GABRIELLE.

Vous pleurez?

JULIEN.

Moi! non pas.

GABRIELLE.

Ce n'est pas un affront;

Tu pleures.

JULIEN.

C'est que j'ai dans l'œil un moucheron.

GABRIELLE.

Et pourquoi rougis-tu de ta bonté, pauvre homme?
Nous ne sommes pas gens de Sparte ni de Rome
Pour faire à la nature un si farouche accueil.

JULIEN.

Mais j'ai tout bonnement une mouche dans l'œil,
Te dis-je. Si c'était faiblesse paternelle,

(A Camille.)

Je l'avoûrais. — Allez jouer, mademoiselle.

(Camille sort.)

SCÈNE V.

GABRIELLE, JULIEN.

GABRIELLE.

Ces larmes m'auraient plu sortant de votre cœur.

Certes, voilà matière à votre esprit moqueur;
Mais dussiez-vous encor me trouver romanesque,
Sortant de votre cœur ces pleurs me gagnaient presque.

JULIEN.

(A part.)

Alors j'avoue... Ah! bah! c'est trop tard maintenant.

(Haut.)

Ce procédé de mouche est fort impertinent.

SCÈNE VI.

GABRIELLE, ADRIENNE, TAMPONET, JULIEN.

TAMPONET.

C'est nous!

ADRIENNE.

Bonjour, Julien.

TAMPONET.

Et bonjour, Gabrielle.

GABRIELLE.

Chère petite tante!

ADRIENNE.

Embrasse-moi, ma belle.

JULIEN.

Mon oncle, vous plaît-il nous embrasser aussi?
Je suis prêt.

TAMPONET.

Non, merci, mon cher neveu.

JULIEN.

Merci!

TAMPONET.

Parbleu! vous habitez un beau coin de la terre,
Mes amis! Ces coteaux boisés, cette rivière,
Cet aqueduc géant découpant l'horizon,
Ces prés verts, ce ciel bleu, cette blanche maison,
Ces lointains vaporeux, pleins d'ombre et de mystère...
Ah! je n'étais pas né pour me faire notaire!

JULIEN.

Eh! qui diable ici-bas est né pour son métier,
Mon cher oncle, excepté toutefois le rentier?

TAMPONET.

J'avais, j'ai des instincts de peintre et de poëte.
J'aurais dû manier la lyre ou la palette!
Figurez-vous, mon cher, qu'au seul aspect des cieux
Il me vient quelquefois des larmes dans les yeux!
Et voulez-vous savoir une de mes idées?
Les étoiles des nuits longuement regardées
Me semblent le séjour d'où les âmes des morts
Contemplent tristement la terre où gît le corps.

JULIEN [1].

« L'idée est poétique.

TAMPONET.

                « Elle n'est pas commune
« Tenez, une autre encor : je disais que la lune
« Est au soleil — en tant que reflet au rayon —
« Ce que la rêverie est à la passion. »
Est-ce ingénieux?

JULIEN.

        Oui!... mais votre fantaisie

---

[1] Les vers marqués de guillemets peuvent être supprimés à la
représentation.

Plus que pour la peinture est pour la poésie ?

TAMPONET.

Pas du tout, mon ami! j'adore les tableaux,
Et j'ose me flatter d'en avoir d'assez beaux.
Hier, justement, j'ai fait une rencontre unique;
J'ai payé trente francs une toile authentique...
Devinez de qui ?

GABRIELLE.

Non.

TAMPONET.

De Pierre Cabassol.

GABRIELLE.

Se peut-il?

TAMPONET.

C'est signé.

JULIEN.

Trente francs! c'est un vol.

TAMPONET.

Oui, c'est si bon marché qu'à peine osais-je y croire.
Mais c'est de mon Lehmann surtout que je fais gloire!

ADRIENNE.

Pas signé celui-là.

TAMPONET.

Par malheur! il vaudrait
Quatre ou cinq mille francs, ce qui m'arrangerait.

JULIEN.

Moins fortuné que vous, moi, pour toute peinture,
Je n'ai qu'un Meissonier, mais avec signature.

TAMPONET.

On estime beaucoup ce peintre; quant à moi,
Je ne fais pas grand cas de ses tableaux.

JULIEN.

Pourquoi?

TAMPONET.

C'est à peine de quoi porter un bout de cadre;
Et franchement, encor qu'on ne soit pas un ladre,
Il est dur de payer très cher, comme excellents,
De tout petits tableaux qui ne sont pas meublants.

ADRIENNE, bas à Gabrielle.

Détourne le propos.

GABRIELLE.

Pour parler d'autre chose,
Mon oncle, comment va mademoiselle Rose?

TAMPONET.

Ma pupille? son mal est à peu près guéri;
Mais pour finir la cure il lui faut un mari.

JULIEN.

Doux mal dont le remède à trouver est facile,
Quand on apporte en dot ce qu'a votre pupille.

TAMPONET.

Oui, trois cent mille francs sont un joli denier
A trouver sous les fleurs dans le fond du panier;
Mais l'argent ne fait pas le bonheur.

JULIEN.

Non, il l'aide.

ADRIENNE.

Surtout s'il ne vient pas avec femme trop laide.

GABRIELLE.

Vous restez à coucher, j'espère?

TAMPONET.

Assurément;
Je n'ai jamais compris la campagne autrement.

2

Quand sur terre le soir descend tranquille et triste,
La nature assoupie appartient à l'artiste.

JULIEN.

O poëte! — Venez faire un tour de jardin.

TAMPONET.

Volontiers; j'ai besoin de m'aiguiser la faim.

(Julien et Tamponet sortent.)

SCÈNE VII.

GABRIELLE, ADRIENNE.

GABRIELLE.

Quel homme!

ADRIENNE.

N'est-ce pas? Eh bien! ma pauvre amie,
Sur ses désagréments je me suis endormie:
L'habitude me berce, et j'ai presque oublié
Qu'avec lui mon destin est digne de pitié.
Je me suis résignée à toutes ses manies;
Je ne me raidis plus contre ses tyrannies,
Et finirais, je crois, par trouver cet époux
Un époux accompli, s'il n'était pas jaloux.

GABRIELLE.

Il l'est encore?

ADRIENNE.

Hélas! tous les jours davantage:
Cette fureur ne fait que croître avec mon âge.
Julien est-il jaloux?

GABRIELLE.

Oh non! — Pauvre Julien!

Ce n'est pas un mortel à s'émouvoir de rien :
Il a l'âme logée en trop paisible assiette
Pour qu'un brimborion comme moi l'inquiète.
Pourvu que son métier lui rende de l'argent,
Il a pour tout le reste un dédain indulgent,
Et ne s'informe pas si je me trouve heureuse,
Ni, quand j'ai les yeux creux, quel ennui me les creuse.

ADRIENNE.

Quel ennui ! — Pauvre femme, as-tu donc des ennuis ?

GABRIELLE.

J'en ai. — Si tu savais dans quel vide je suis,
Dans quel désœuvrement et quelle solitude !
Tout me manque à la fois, tout, jusqu'à l'habitude,
Ce triste bonheur fait de paresse et d'oubli
Où j'ai cru quelque temps mon cœur enseveli.
Ah ! pourquoi sommes-nous venus à la campagne !
C'est le réveil des cieux et des champs qui me gagne ;
C'est le tiède printemps, c'est la verte saison
Qui m'ont mis cette sève au cœur, — ou ce poison !
Je sens dans ma poitrine une fureur de vivre,
Une rébellion qui m'effraie et m'enivre ;
Je voudrais... je ne sais, hélas ! ce que je veux ;
Mais rien de ce que j'ai ne satisfait mes vœux.
Le détail journalier de ma maison m'écœure ;
La lecture ne peut me distraire : je pleure,
Et j'éprouve un dégoût dont rien ne me défend,
Pas même — et j'en rougis — pas même mon enfant !

ADRIENNE.

C'est que tu n'aimes plus ton mari.

GABRIELLE.

                    Moi, ma tante !

ADRIENNE.

Si tu l'aimais toujours, tu serais plus contente.

GABRIELLE.

Je t'assure...

ADRIENNE.

      Voyons, prends-moi pour confesseur;
Ne suis-je pas un peu ta mère, un peu ta sœur?
Tu ne peux pas avoir d'ennui qui ne soit nôtre.
Tu n'aimes plus Julien.

GABRIELLE.

      Je n'en aime pas d'autre
Au moins.

ADRIENNE.

     Pauvre Julien! Que lui reproches-tu?
Ne te conduit-il pas dans le chemin battu
Et ne te fait-il pas la voiture assez douce
Pour ne sentir jamais ni cahot ni secousse?

GABRIELLE.

Oh! sans doute, il m'assure un train de vie égal
Et me donne en effet tout le bonheur légal...
C'est un homme d'esprit, sans contredit, un homme
Laborieux, loyal, noblement économe;
Il est bon, il me traite avec grande douceur,
Et je serais heureuse à n'être que sa sœur...
Mais que m'importe encor cette paix de ma vie,
Si de quelque tendresse elle n'est pas suivie?
C'est bien sa faute, va, si mon cœur est changé!
Si tu pouvais savoir les mécomptes que j'ai;
Contre quels plats calculs, quelles vérités plates
Mes rêves ont heurté leurs ailes délicates;
En quelle crudité de sentiments bourgeois

Se sont changés les doux entretiens d'autrefois!
Plus de projets à deux, de mutuelle extase!
Sa vie est un damier dont j'occupe une case,
Rien de plus. Je complète un état de maison
Et lui sers seulement à n'être plus garçon.
Est-ce là que devaient aboutir ses promesses
De transports éternels et de saintes tendresses,
Lorsque nous bâtissions un riant avenir
Dont je suis maintenant seule à me souvenir!

ADRIENNE.

N'accuse pas Julien, n'accuse que la vie
De ton illusion si promptement ravie!
Va, c'est notre malheur à toutes d'ignorer
Que de son rêve d'or nul ne peut s'emparer;
Nous n'épuiserions pas en de vaines poursuites
L'humble part de bonheur où nous sommes réduites
Si quelqu'expérience eût su nous prévenir
Que l'amour nous promet plus qu'il ne peut tenir.
Mais nous croyons en lui; notre foi nous abuse :
C'est lui qui nous trahit, c'est l'amant qu'on accuse.
On en change, espérant qu'un autre accomplira
L'idéal adoré dont le cœur s'enivra,
Et l'amour, dont on presse encore le mystère,
Nous laisse de nouveau la main pleine de terre.
On reconnaît alors, on reconnaît trop tard,
Qu'on était arrivée au but dès le départ.

GABRIELLE.

Adrienne, n'as-tu que ces tristes paroles
Pour soutenir les cœurs souffrants que tu consoles?
L'amitié de Julien, quoi! tout l'amour est là!
Quoi! je ne peux plus rien rencontrer au-delà

2.

Et dois désespérer sur ce premier déboire !
Non ! je ne te crois pas, je ne veux pas te croire !
Une vitre ternie a pu ternir le jour,
Mais je crois au soleil et je crois à l'amour !

ADRIENNE.

Vraiment tu me fais peur. — Tais-toi ! le secrétaire
De ton mari !

GABRIELLE.

(A part.)

Monsieur Dariau ? que vient-il faire ?

SCÈNE VIII.

GABRIELLE, ADRIENNE, STÉPHANE.

STÉPHANE, saluant.

Mesdames...

GABRIELLE, avec contrainte.

Qui nous vaut l'inespéré plaisir ?...

STÉPHANE, de même.

En ceci mon devoir a servi mon désir.
J'ai reçu ce matin une lettre pressée
Du ministre, à monsieur Chabrière adressée ;
N'ayant personne là que j'en pusse charger,
J'ai pris la liberté d'être le messager.

GABRIELLE.

Quelqu'affaire peut-être à Paris vous réclame,
Sans quoi je vous prierais...

STÉPHANE.

Mille grâces, madame.
Quelque chose à Paris me rappelle en effet.

GABRIELLE, à part.

Pauvre garçon !

STÉPHANE, à Adrienne.

Comment va monsieur Tamponet,
Madame?

ADRIENNE.

Il est ici, monsieur, pour vous répondre.

(Elle passe à droite.)

STEPHANE.

(A part.)

Enchanté de le voir. Au diable l'hypocondre!

(Haut.)

Où puis-je rencontrer ces messieurs?

GABRIELLE.

Au jardin.

(Stéphane salue et sort.)

SCÈNE IX.

ADRIENNE, GABRIELLE.

ADRIENNE.

Si jamais celui-là rend mon mari badin !

GABRIELLE.

Quoi ! monsieur Tamponet en prend-il de l'ombrage?

ADRIENNE.

Il a cru l'an dernier que j'aimais son hommage,
Et le pauvre garçon, alors comme aujourd'hui,
Ne s'occupait pas plus de moi que moi de lui.
Mais toi, tu le reçois d'une froideur extrême.

GABRIELLE.

Ce n'est pas sans raison.

ADRIENNE.

Peut-on savoir?...

GABRIELLE.

Il m'aime.

ADRIENNE.

Ah!

GABRIELLE.

Il s'est déclaré voici bientôt un mois.

ADRIENNE.

Ton mari n'en sait rien?

GABRIELLE.

Non; mais, comme tu vois,
Je lui fais peu d'accueil à ce pauvre jeune homme.

ADRIENNE.

Ève, ma chère enfant, prends bien garde à la pomme.

GABRIELLE.

Je n'ai pas peur.

ADRIENNE.

Tant pis.—Il est joli garçon.

GABRIELLE.

Ce n'est pas mon avis.

ADRIENNE.

Il a bonne façon.

GABRIELLE.

Qui, lui, ma tante?—Il est très commun, au contraire.

ADRIENNE.

A-t-il de l'esprit?

GABRIELLE

Non... je ne sais... ordinaire.

ADRIENNE.

Tu l'aimes.

GABRIELLE.

Non. Pourquoi ?

ADRIENNE.

Tu l'aimeras bientôt

Alors.—Tiens, tu rougis.

GABRIELLE.

Ne parle pas si haut.

ADRIENNE.

Ma fille ! oui, c'est le mot, car je te parle en mère...
Écarte de ton cœur cette folle chimère ;
Ne t'abandonne pas en aveugle au danger...
C'est ton mari qui t'aime et non cet étranger !
Tu n'es qu'un passe-temps pour l'un, si par miracle
Tu ne lui deviens pas un péril, un obstacle ;
L'autre respecte en toi l'intime compagnon
Qui garde ses enfants, sa fortune et son nom ;
C'est le seul dont l'amour soit certain, car il t'aime
Peut-être encore moins pour toi que pour lui-même ;
Et selon ce beau mot que l'on a décrié,
C'est le seul qui te puisse appeler sa moitié.
Va, crois-moi, n'en fais pas la triste expérience.

GABRIELLE.

Mais d'où te vient à toi cette amère science ?

ADRIENNE, après une pause.

D'une amie à laquelle il en a coûté cher.
Elle m'a raconté tout ce qu'elle a souffert :
Le mensonge assidu qu'un regard déconcerte,
L'angoisse du bonheur, la faute découverte,
La douleur d'un époux par l'outrage ennobli,
Un mépris accablant, un pardon sans oubli,
Et l'éternel soupçon au nom de l'ancien crime...

Avant d'aller plus loin, regarde cet abîme !
Quand je t'y vois ainsi pencher, mon cœur se fend...
Crois-moi, n'abdique pas tes droits sur ton enfant !

GABRIELLE.

Grâce au ciel, je suis loin encor de cette chute.

ADRIENNE.

Ne t'aventure pas cependant à la lutte.

GABRIELLE.

Je ne la cherche pas, ni Stéphane non plus ;
A nous fuir tous les deux nous sommes résolus.
Aujourd'hui, par exemple, il pouvait à merveille
Contre mon froid accueil faire la sourde oreille,
Et tu vois cependant qu'au lieu d'en profiter
Il m'a lui-même aidée à ne pas l'inviter.

ADRIENNE.

Oui, mais n'y cherche pas tant de délicatesse.

SCÈNE X.

ADRIENNE, STÉPHANE, JULIEN, GABRIELLE, TAMPONET.

JULIEN, à Stéphane.

Non, mon cher, ce n'est pas une affaire qui presse,
Et vous pouvez passer la journée avec nous.

ADRIENNE, à part.

Bien !

STÉPHANE.

S'il m'était possible, il me serait bien doux ;
Mais...

JULIEN.

Pas de mais. Dis-lui de rester, Gabrielle.

GABRIELLE, à Stéphane.

Si pourtant une affaire à Paris vous rappelle ?

JULIEN.

Nullement ; je connais l'affaire en question
Et c'est un pur prétexte à sa discrétion.
Si la table est étroite, on serrera les coudes,
Mon cher !—Mais dis-lui donc que s'il part tu le boudes,
Gabrielle.

GABRIELLE.

Oui, monsieur.

STÉPHANE.

Madame, j'obéis.

TAMPONET, à part.

J'aurai l'œil sur ma femme.

ADRIENNE, à part.

Oh ! l'astre des maris !

JULIEN.

Maintenant, chère tante, il m'arrive un sinistre,
Un ordre de dîner ce soir chez le ministre ;
Pour causer entre nous de procès à loisir
Il n'a que ce moment libre : il faut le saisir.
Il ne me reste donc qu'à vous demander grâce.

ADRIENNE.

Grâce, quand vous mettez monsieur à votre place ?

GABRIELLE, à part.

Méchante !

TAMPONE^, à part.

Elle lui fait des avances, c'est clair.

JULIEN, à Stéphane.

On vous préfère à moi, vous le voyez, mon cher.

ADRIENNE, à part.

Pauvre Julien qui croit plaisanter !

TAMPONET, à part.

Oh ! les femmes !

CAMILLE, venant de la droite.

Le déjeûner est prêt, maman.

JULIEN.

La main aux dames.

(Tamponet donne le bras à Gabrielle, Stéphane à Adrienne et
Julien la main à sa fille. Ils sortent à droite.)

FIN DU PREMIER ACTE.

ACTE DEUXIÈME.

Même décoration.

SCÈNE PREMIÈRE.

TAMPONET, JULIEN, STÉPHANE, ADRIENNE, GABRIELLE.

JULIEN, à Stéphane.

Les symptômes sont clairs, parbleu! — Point d'appétit;
Une oreille distraite à tout ce qui se dit;
Des façons de répondre en sursaut, comme un homme
Que chaque question tire d'un demi-somme...
Oseriez-vous jurer, monsieur le ténébreux,
Que vous ne soyez pas gravement amoureux?

STÉPHANE.

Je l'ose.

JULIEN.

En rougissant.

TAMPONET, à part.

Il rougit! autre preuve.

ADRIENNE, assise sur le canapé avec Gabrielle.

Et qui ne rougirait mis à pareille épreuve?

JULIEN.

Ne vous en plaignez pas : trois fois heureux l'amant

3

Qui perd son appétit et rougit aisément.

TAMPONET, à part.

Il me fait frissonner.

JULIEN.

Dieu sait, dans ma jeunesse,
Tout ce qu'il m'a fallu d'éloquence et d'adresse
Pour me justifier près de mainte beauté
Du sauvage appétit dont j'étais affecté!
En vain je maudissais ma faim malencontreuse,
Il fallait dévorer devant mon amoureuse,
Et faire sous ses yeux, à mon corps défendant,
Les grimaces qu'on fait à chaque coup de dent.

TAMPONET.

Simple homme! Demandez à monsieur la recette
Qu'emploient les amoureux pour se mettre à la diète:
Il suffit d'arriver à table tout repu.

STÉPHANE.

Je ne vous savais pas, monsieur, si corrompu.

JULIEN.

Ne vous y trompez pas : cet oncle vénérable
Avant le mariage était un rusé diable;
Il mangeait à huis-clos.

TAMPONET.

Il se moque de moi,
Ma femme.

ADRIENNE.

Oui, mon ami.

JULIEN.

D'où vient cet air d'effroi,

Mon oncle? Craignez-vous que ma tante ne penche,
Apprenant vos exploits, à prendre sa revanche?
Vous le mériteriez, ce n'est pas l'embarras;
Mais les mauvais sujets sont exempts de ce cas;
N'est-ce pas, ma tante?

ADRIENNE, troublée.

Oui. — Voilà de belles roses,

Gabrielle.

GABRIELLE, arrachant une rose de son bouquet.

Elles sont de ce matin écloses.

Tiens.

(Elle la lui donne.)

ADRIENNE, pousse un petit cri et jette la rose.

Ah!

GABRIELLE.

Qu'est-ce?

ADRIENNE.

Ta rose a des griffes de chat.

STÉPHANE, ramassant la rose.

Ce qui tombe au fossé, madame, est au soldat.

TAMPONET, à part.

A ma barbe!

ADRIENNE.

Je veux ma fleur.

STÉPHANE.

Venez la prendre!

JULIEN.

Il ne vous fera pas l'affront de vous la rendre.
— Vous vous démenez fort, mon oncle; qu'avez-vous?

TAMPONET.

(A part.)

Qu'est-ce que j'ai ? moi ? rien. Que puis je avoir ? Je bous.

STÉPHANE.

Donc je garde la fleur, madame.

TAMPONET, à part.

Bon apôtre !

ADRIENNE.

Non, monsieur, pas du tout.

GABRIELLE.

Va, je t'en donne une autre.

JULIEN.

L'incident est vidé. Vous voilà, sans noirceur,
De ce trésor volé paisible possesseur.

TAMPONET.

Beau trophée, en effet, qu'une fleur dérobée !

STÉPHANE.

Certes, j'aimerais mieux qu'elle me fût tombée
Dans la lice, parmi les taureaux furieux,
Comme il se pratiquait parfois chez nos aïeux ;
Mais on fait ce qu'on peut, et, dans ces temps moroses,
C'est sur un plat parquet qu'on ramasse les roses.

TAMPONET.

Oui, tout se racornit, hélas ! de jour en jour :
Désintéressement, honneur, courage, amour !
La jeunesse devient pédante et compassée ;
On voit de beaux garçons à mine retroussée,
Qui jadis eussent fait de hardis spadassins,
Avocats aujourd'hui, banquiers ou médecins !

(A part.)

Attrape.

STÉPHANE.

Je voudrais pour beaucoup que mon père
Vous entendît traiter son temps de la manière !
Figurez-vous, monsieur, que ce père exigeant
Ne peut pas une fois m'envoyer de l'argent
Sans y joindre l'avis qu'en son temps un jeune homme,
Pour le vivre et l'habit prudemment économe,
Sur cent écus par mois donnés par ses parents
Aurait mis de côté trois ou quatre cents francs.

ADRIENNE.

Tandis qu'à consulter, je gage, vos tablettes,
Vous n'avez jamais mis de côté que des dettes ?

JULIEN.

Le temps des étourdis n'est pas mort tout entier,
Mon oncle ; il a laissé du moins un héritier :
Le voilà ! ce garçon qui, parfois, se figure
Être fait pour entrer dans la magistrature,
S'est battu l'autre jour...

GABRIELLE.

O ciel !

TAMPONET, à part.

Maudit brouillon !

JULIEN.

Oui, s'est battu, vous dis-je, et pour un cotillon !

TAMPONET, à part.

Bon cela !

STÉPHANE.

Pour ma sœur, monsieur, voulez-vous dire.

JULIEN.

Allons ! quand on se bat pour sa sœur, vaillant sire,

3.

On ne demande pas le secret aux amis
Qu'un hasard au courant de la rencontre a mis;
Car, après tout, un duel dont la cause est si pure
N'est nullement contraire à la magistrature.

GABRIELLE.

Ah! monsieur demandait le secret?

JULIEN.

Instamment.

STÉPHANE.

Et vous l'aviez promis.

JULIEN.

Sans le moindre serment.
Au surplus, que ce soit pour veuve, femme ou fille,
Le mal n'est pas bien grand d'en parler en famille.

ADRIENNE.

Mais c'est peut-être ici que monsieur eût voulu
Garder à ses exploits un silence absolu.

TAMPONET, à part.

C'est assez clair! le mot n'est pas à double entente!

JULIEN.

Ici! pourquoi?

GABRIELLE.

Je suis de l'avis de ma tante.

JULIEN, à Stéphane.

Parbleu! ne craignez pas notre sévérité:
Ces dames ne sont pas du tout collet-monté.

STÉPHANE.

Mais je vous dis...

TAMPONET.

Pourquoi cette mine confuse?
Votre action, monsieur, n'a pas besoin d'excuse.

STÉPHANE.

Cette plaisanterie est lassante à la fin !

TAMPONET.

M'allez-vous provoquer aussi ? Quel spadassin !

JULIEN, à Stéphane.

La, ne vous fâchez pas ; nous sommes prêts à croire
Tout ce que vous voudrez, mon cher, pour votre gloire.

STÉPHANE.

C'est la vérité pure, et je peux l'attester.

TAMPONET.

Nous sommes trop polis, monsieur, pour en douter.

JULIEN.

L'honneur est satisfait. Sur ce, mon camarade,
Allons faire au jardin un tour de promenade.

ADRIENNE.

Oui, c'est vraiment pitié d'abandonner Paris
Pour passer la journée entre quatre lambris.

JULIEN.

Suivez-moi sans rien craindre. Il est dans mes principes
De ne forcer personne à louer mes tulipes.
Le grand air calmera notre beau paladin.

TAMPONET, à part.

Continuons à battre en brèche ce gredin.

(On sort par la porte du fond. Gabrielle et Stéphane se trouvent
les derniers ; Gabrielle arrête Stéphane sur le seuil.)

SCÈNE II.

STÉPHANE, GABRIELLE.

GABRIELLE.

Rendez-moi cette fleur !

STÉPHANE.

Et vous aussi, madame,

Vous croyez ?...

GABRIELLE.

Je ne crois rien du tout. Je réclame
Cette fleur qui pourrait dans vos mains prendre un sens
Fort loin de ma pensée et des plus offensants.

STÉPHANE.

Hélas ! quel sens a-t-elle en mes mains plus qu'aux vôtres ?

GABRIELLE.

L'héroïne du duel vous en donnera d'autres.

STÉPHANE.

L'héroïne du duel !... Oui, je me suis battu
Pour une femme aimée, un ange de vertu
Dont je ne mêle pas le nom à cet esclandre,
N'osant pas y toucher sinon pour le défendre.

GABRIELLE, timidement.

Vous n'êtes pas blessé ?

STÉPHANE.

Non, madame. — Voilà

Cette fleur dont je suis indigne.

GABRIELLE, après une hésitation.

Jetez-la.

(Elle sort.)

SCÈNE III.

STÉPHANE, seul.

Te jeter, chère fleur qu'elle n'a pas reprise!
Non, non, à te garder son accent m'autorise.
Elle n'a point osé te donner tout à fait,
Mais elle t'a laissée et te donne en effet;
Elle te donne, ô fleur qui touchas son corsage,
Comme une récompense et presque comme un gage!
Dieu bon! qu'autour de moi tout change en peu d'instants!
Oh! comme je suis jeune et comme il fait beau temps!

SCÈNE IV.

TAMPONET, STÉPHANE.

TAMPONET, à part.

Que baise-t-il ainsi? — La rose de ma femme!
Il est temps de jeter un peu d'eau sur sa flamme.
    (Haut.)
Je vous cherchais, monsieur.

STÉPHANE, gaiement.

Monsieur, j'en suis flatté.

TAMPONET.

Pour jouer un piquet ou bien un écarté.
Voulez-vous?

STÉPHANE.

Je n'ai rien à vous refuser.

TAMPONET, à part.

Drôle!

L'obséquiosité lui semble dans son rôle!
(Haut.)
Asseyons-nous; la table est prête.

STÉPHANE.

Asseyons-nous.
(Il prend la place à l'extrème droite, tournant le dos au mur.)

TAMPONET.

C'est le piquet marqué, n'est-ce pas, à cent sous?

STÉPHANE.

Soit. Je suis si content, monsieur, que tout m'amuse.

TAMPONET.
(A part.)

Vraiment! Ta passion va se trouver camuse.

STÉPHANE.

C'est à moi de donner.

TAMPONET.

J'ai quitté le jardin
Ne pouvant plus tenir au caquet féminin.
La conversation des femmes est si nulle,
Qu'au bout de quatre mots il faut que je circule.

STÉPHANE.

Vous êtes dégoûté. Madame Tamponet
A l'esprit le plus fin...

TAMPONET, qui a arrangé ses cartes.

Cinquante au point tout net.

STÉPHANE.

C'est bon.

TAMPONET.

Devant le monde elle s'en fait accroire;
Mais lorsque l'on connaît son petit répertoire,
On est tout étonné des bals et des chiffons,

Qui de son pauvre esprit occupent les bas-fonds.
Autant aux étrangers elle paraît charmante,
Autant en tête-à-tête on la trouve assommante.

STÉPHANE.

Vraiment!

TAMPONET

Je vous le dis, monsieur, avec douleur.

(A part.)

Il faut se faire pauvre à côté d'un voleur.

STÉPHANE.

Vous m'étonnez.

TAMPONET, annonçant son jeu.

Trois as et la tierce majeure

En carreau.

STÉPHANE.

C'est parfait. Non... j'ai quinte mineure

En trèfle.

TAMPONET.

(Jouant.)

J'ai dit huit. Neuf, dix par le valet.
Ma femme n'a jamais pu jouer le piquet.

STÉPHANE.

Plaignons-la.

TAMPONET.

(Jouant.)

Non, c'est moi qu'il faut plaindre. Onze, douze,
Car c'est une ressource en une vieille épouse.

STÉPHANE.

Vieille?

TAMPONET.

Elle a quarante ans passés.

STÉPHANE.

Quoi! quarante ans?

TAMPONET.

Passés.

STÉPHANE.

Elle n'en a gardé que les printemps.

TAMPONET.

C'est ce vieux madrigal, depuis nombre d'années,
Qui sonne la retraite aux jeunesses fanées.

STÉPHANE.

On a l'âge après tout qu'on porte sur son front.
(Jouant.)
Seize, dix-sept, dix-huit, dix-neuf et vingt tout rond.
Madame Tamponet est jolie et bien faite.

TAMPONET.

Devant le monde, soit; mais dans le tête-à-tête!

STÉPHANE.

Bah!

TAMPONET.

(Jouant.)
Hélas! Treize.

STÉPHANE.

Vingt.

TAMPONET.

Quatorze.

STÉPHANE.

Vingt toujours.

TAMPONET.

Quinze.

STÉPHANE.

Vingt.—Le hasard fait de sots calembours.

TAMPONET.

Quel?

STÉPHANE.

Quinze-vingts.

TAMPONET.

Morbleu! me croyez-vous aveugle?

STÉPHANE.

(A part.)

Non pas. C'est plutôt lui qui me croit sourd : il beugle.

TAMPONET, à part.

(Haut, marquant.)

Contraignons-nous. Vingt-cinq.—Si l'on n'ignorait pas
Tout ce qu'une élégante ajoute à ses appas...

STÉPHANE.

Prenez garde, monsieur! vous m'allez faire croire
Que madame Adrienne est vêtue à sa gloire.

TAMPONET.

Je ne dis pas cela, diable! j'en suis bien loin.
Elle m'arracherait les yeux—dont j'ai besoin.

STÉPHANE, souriant.

Fort bien. Je sais à quoi m'en tenir.

TAMPONET, à part.

Qu'est-ce à dire?

STÉPHANE.

Mais je serai discret.

TAMPONET, à part.

S'il a le cœur de rire,
C'est qu'à ma confidence il n'ajoute pas foi.
Morbleu! connaîtrait-il ma femme autant que moi?

STÉPHANE.

A qui la main?

4

TAMPONET.

A vous.

STÉPHANE, faisant son écart.

Pardon.

TAMPONET, à part.

Fi ! quelle idée !
De la façon par moi qu'Adrienne est gardée,
Leur commerce secret ne m'eût point échappé...
Et pourtant une fois déjà je fus trompé !

SCÈNE V.

TAMPONET, ADRIENNE, JULIEN, GABRIELLE,
STÉPHANE.

ADRIENNE.

J'en étais sûre !

TAMPONET.

Eh bien, oui ! la chaleur m'assomme.
J'aime mieux le piquet.

JULIEN.

Mais ce pauvre jeune homme,
Pourquoi le condamner à ce jeu de vieillard ?
Si vous voulez jouer, que ce soit au billard.

TAMPONET.

Jeu de vieillard ?—Monsieur le joue en patriarche
A ce compte !...

STÉPHANE.

J'en sais confusément la marche,
Voilà tout.

TAMPONET.

Comment donc jouez-vous en ce cas
Les jeux que vous savez, monsieur?

STÉPHANE.

Je n'en sais pas.

TAMPONET.

Excepté la bataille avec le jeu de dames...

(A part.)

Hé! hé! mauvais sujet! Criblons-le d'épigrammes.

JULIEN.

Le jeu de dames, soit; je l'y crois sans égal.
Mais quant à la bataille, il s'en tire assez mal :
Témoin son pauvre bras.

GABRIELLE.

O ciel! une blessure?

STÉPHANE.

Non, madame, du tout. Rien qu'une égratignure.

JULIEN.

Assez forte pourtant pour vous faire crier
Quand une main s'y vient par hasard appuyer...
Car c'est ainsi que j'ai découvert sa vaillance.

STÉPHANE.

Et personne autrement n'en eût eu connaissance.

ADRIENNE, à part.

Va, va, pauvre mari, sers ton rival.

TAMPONET.

Parbleu,

Cher Julien, nommez-vous cela malheur au jeu?
Un petit coup d'épée à porter en écharpe,
De quoi traîner la jambe et faire l'œil de carpe!
Peut-on à moins de frais se rendre intéressant?

Total : une écorchure et trois gouttes de sang.

GABRIELLE.

Vous êtes goguenard, mon oncle.

STÉPHANE.

Laissez faire,
Madame; monsieur parle en ancien militaire.

TAMPONET.

Si je n'ai pas servi, sachez que j'ai reçu
Maint coup d'épée au corps et dont on n'a rien su ;
Car je ne cherchais pas, moi, des admiratrices !

GABRIELLE.

Monsieur !

ADRIENNE.

Ces coups n'ont pas laissé de cicatrices.

STÉPHANE.

Par pure modestie.

TAMPONET.

Oui, monsieur!—Sachez bien
Que les gens comme il faut ne se vantent de rien.

STÉPHANE, souriant.

Prenez donc garde.

TAMPONET.

A quoi ? Je trouve ridicule...

STÉPHANE.

Vous allez vous blesser avec votre férule.

JULIEN.

C'est vrai; vous le frappez, mon oncle, sur vos doigts.

TAMPONET.

Permettez...

JULIEN.

Non ; le reste à la prochaine fois,

S'il vous plaît; le billard s'ennuie à nous attendre.

TAMPONET.

(A part.)

Soit. Je prêtais le flanc, je ne puis m'en défendre.

STÉPHANE.

Pour moi qui ne suis pas remis de ce piquet,
Vous me dispenserez du billard.

TAMPONET, à part.

Freluquet,

(Haut.)

Il veut rester. Viens-tu, ma femme?

ADRIENNE.

Pourquoi faire?

TAMPONET.

Pour nous marquer les points.

ADRIENNE.

Ce n'est pas nécessaire.

(A part.)

Ne les laissons pas seuls.

JULIEN, sur la porte.

Mon oncle, venez-vous?

TAMPONET, bas à sa femme.

Viens.

ADRIENNE, bas.

Mais non.

TAMPONET, de même.

Je le veux.

ADRIENNE, bas.

Pourquoi?

TAMPONET, de même.

Je suis jaloux.

(Il sort. Adrienne le suit, en haussant les épaules.)

4.

SCÈNE VI.

STÉPHANE, GABRIELLE.

STÉPHANE.

Monsieur votre oncle abuse un peu des droits de l'âge,
Pour me faire jouer un méchant personnage.

GABRIELLE.

Je sais depuis longtemps quel cas faire de lui ;
Mais il ne m'a jamais tant déplu qu'aujourd'hui.

STÉPHANE.

Madame...

GABRIELLE.

Non, c'est vrai ; l'injustice m'irrite.
Il voulait rabaisser votre noble conduite ;
Eh bien ! consolez-vous de sa mauvaise foi,
Car elle aura produit l'effet contraire en moi.

STÉPHANE.

De grâce... Ma conduite est toute naturelle,
Et je n'accepte pas tant d'éloges pour elle.
Tout le monde en eût fait autant.

GABRIELLE.

Jugez-vous mieux !
Et quel autre, parmi même les généreux,
De la femme qu'il aime ayant vengé l'outrage
Ne se serait pas fait un droit de son courage ?
Quel autre, par respect pour un nom adoré,
De sa belle action ne se fût point paré ?
Quel autre enfin, forcé d'avouer l'aventure,
Pour la diminuer eût caché sa blessure,

Avec je ne sais quel magnanime mépris
Des dévouements vantards qui demandent un prix ?

STÉPHANE.

Vous faites trop d'honneur, madame, à mon silence ;
C'est pour taire l'affront que j'ai tu la vengeance.
Je voulais vous laisser à jamais ignorer
Qu'une parole impure osa vous effleurer.

GABRIELLE.

Qu'avait-on dit de moi ?

STÉPHANE.

Rien qui vous puisse atteindre.

GABRIELLE.

Parlez.

STÉPHANE.

Je vous prierai de ne pas m'y contraindre.
L'imprudent qui l'a dit a dû le rétracter,
Et ce n'est pas à moi de vous le répéter.

GABRIELLE.

Je l'exige.

STÉPHANE.

Je suis la dernière personne
De qui vous le puissiez entendre.

GABRIELLE.

Quand j'ordonne ?

Au nom de... votre amour !

STÉPHANE.

Au nom de mon amour ?

On a dit qu'il était...

GABRIELLE.

Quoi ?

STÉPHANE.

Payé de retour.

(Gabrielle, très troublée, garde un moment de silence et se
laisse tomber sur le canapé en cachant sa figure dans ses
mains.)

STÉPHANE.

Vous vous taisez? O ciel! que faut-il que je croie?

SCÈNE VII.

STÉPHANE, CAMILLE, GABRIELLE.

GABRIELLE.

Dieu! ma fille!

CAMILLE.

Ma tante Adrienne m'envoie.

GABRIELLE.

Trop tard!

CAMILLE.

Elle a besoin de toi.

GABRIELLE.

Va, pauvre enfant,

Retourne; je te suis.

(Camille sort.)

SCÈNE VIII.

STÉPHANE, GABRIELLE.

GABRIELLE.

C'est le remords vivant.

J'avais tout oublié, ma fille me rappelle

Que je dois respecter son père, au moins pour elle.

STÉPHANE.

Un enfant fera-t-il crouler tout mon bonheur?

GABRIELLE.

Je ne souillerai pas l'héritage d'honneur
Que ma mère a transmis à toute sa famille,
Et que je dois transmettre à mon tour à ma fille.
Quand son père travaille et consume ses jours
A lui faire un destin paisible dans son cours,
Moi, femme, je ne puis à la moisson plus ample,
Je ne puis apporter pour ma part que l'exemple;
Mais je l'apporterai quoi qu'il coûte à mon cœur,
Et de ce grand combat il sortira vainqueur,
Pour qu'à sa mère un jour ma fille se soutienne,
Comme je me soutiens maintenant à la mienne.
Si je vous ai laissé voir que je vous aimais,
Oubliez ce moment de faiblesse.

STÉPHANE.

Jamais !

Oublier ce moment! Est-ce que c'est possible
Avant que je ne sois une cendre insensible ?
Vous parlez de remords! Mais moi, supposez-vous
Que je serre la main sans honte à votre époux,
Et que son amitié ne soit pas un supplice
Dont malgré mon bonheur ma loyauté frémisse?
Mais dussé-je à moi-même être un lâche odieux,
Je ne l'oublierai pas, ce moment radieux.

GABRIELLE.

Eh bien! oui, j'y consens, gardons-en la mémoire,
Et doublons le danger pour doubler la victoire.
Je vous aime, Stéphane, et ne m'en dédis pas;

Oui, c'est un être cher que repoussent mes bras!
Séparons-nous et, sûr du cœur de votre amie,
Partez pour nous sauver tous deux de l'infamie.
Si nous pouvons nous voir nos périls sont trop grands :
Retournez en province auprès de vos parents.

STÉPHANE.

Vous quitter? Pouvez-vous me l'ordonner, madame?

GABRIELLE.

C'est la preuve d'amour que de vous je réclame.
Soyons fiers, soyons purs, et que tout notre feu,
Comme un encens sacré puisse monter vers Dieu!

STÉPHANE.

Eh bien! vienne l'exil, créature céleste!
Si votre cœur m'y suit, que m'importe le reste!
Je vous voulais heureuse et j'aurai réussi.

GABRIELLE.

Vous partirez demain.

STÉPHANE.

Je partirai.

GABRIELLE.

Merci!

(Elle lui tend la main qu'il couvre de baisers; elle sort par
la gauche.)

STÉPHANE, seul.

« Aimé d'elle!—Est-ce vrai, mon Dieu, ce qui se passe?
« Oh! sortons! j'ai besoin de silence et d'espace. »

(Il sort par le fond.)

FIN DU DEUXIÈME ACTE.

ACTE TROISIÈME.

Même décoration.

SCÈNE PREMIÈRE.

ADRIENNE, TAMPONET.

ADRIENNE.

Expliquez-vous ici... Nous sommes sans témoins,
A moins que ces fauteuils n'écoutent dans leurs coins.

TAMPONET.

Vous croyez qu'on ne peut m'entendre?

ADRIENNE.

J'en suis sûre,
Si vous ne hurlez pas pourtant outre mesure.
Est-ce votre projet?

TAMPONET.

Quoi?

ADRIENNE.

De hurler un peu.

TAMPONET.

Vous badinez à tort; ceci n'est pas un jeu.

ADRIENNE.

Croyez-vous?

TAMPONET, furieux.

Osez-vous me plaisanter encore
Quand votre inconséquence ici me déshonore ?
Me prenez-vous...

ADRIENNE, un doigt sur ses lèvres.

On va s'étonner de vos cris.

TAMPONET.

(A demi-voix.)

C'est bon. Me prenez-vous pour un de ces maris,
De ces porte-bandeaux sourds et paralytiques
Dont on se cache moins que de ses domestiques ?

ADRIENNE.

Je ne vous comprends pas.

TAMPONET.

Vous comprenez fort bien,
Madame ; mais sachez qu'il ne m'échappe rien ;
Que j'ai parfaitement vu vos yeux en coulisse
Chercher effrontément ceux de votre complice ;
Que je n'ai pas été dupe de la façon
Dont vous jetez des fleurs à ce joli garçon ;
Qu'il n'a pas compris seul les sourdes épigrammes
Dont vous m'assassiniez à la façon des femmes,
Et qu'enfin... Qu'avez-vous à répondre ?

ADRIENNE.

Plus bas,
De grâce.

TAMPONET.

Ah ! vous voulez qu'on ne m'entende pas,
Madame ! vous craignez l'éclat de votre honte !
Je le crains plus que vous.

ADRIENNE.

Vous êtes loin de compte :
Le ridicule seul cause ici mon effroi,
Et lorsque je le crains, c'est pour vous, non pour moi.

TAMPONET.

Je serais ridicule!... O comble d'impudence!
Elle ose à mon affront conseiller la prudence!
Non, je n'ai jamais vu de cynisme pareil
Et reste abasourdi devant ce beau conseil!

ADRIENNE.

Ce qui surtout me plaît du soupçon qui m'obsède
C'est cette sûreté d'erreur qui vous possède,
Cette sagacité qui réussit toujours
A faire fausse route à tous les carrefours;
C'est enfin cet esprit inventif qui fourmille
De monstruosités sur des pointes d'aiguille.

TAMPONET.

Les bras m'en tombent.

ADRIENNE.

Bah! Vous les ramasserez.

TAMPONET.

Savez-vous à la fin que vous m'exaspérez?
Qu'on ne plaisante pas avec la jalousie,
Et que l'occasion de rire est mal choisie?
Conjurez ma colère au lieu de l'attirer,
Vous dis-je!

ADRIENNE.

Ah! si je ris, c'est de peur de pleurer!
Car à l'indignité de vos folles alarmes
On ne peut opposer que le rire ou les larmes!
Croyez-moi; laissez-moi traiter légèrement

Tout ce que vos soupçons me donnent de tourment,
Et soyez sûr encor, malgré mon persiflage,
Que je ressens assez la pointe de l'outrage.

TAMPONET.

On ne me trompe pas deux fois.

ADRIENNE.

Le voilà donc
Ce reproche éternel qu'on appelle un pardon,
Cette insulte toujours nouvelle et toujours prête
Qui dans tous nos débats me fait courber la tête!
Eh bien! expliquons-nous une fois là-dessus;
J'en ai le droit après tant d'outrages reçus.

Croyez-vous n'avoir pas votre part dans la faute
Que vous me reprochez d'une façon si haute,
Vous qui, m'ayant reçue enfant dans votre lit,
N'eûtes soin d'occuper mon cœur ni mon esprit;
Qui me traitiez déjà moins en ami qu'en maître,
Qui n'étiez pas jaloux quand vous auriez dû l'être,
Et qui m'abandonniez sans guide et sans appui
Dans les tentations du monde et de l'ennui?
J'ai fait pour vous aimer tout ce que j'ai pu faire;
Mais vous ne m'aidiez pas, monsieur; bien au contraire.
Vous partiez le matin pour vos graves travaux,
Vous rentriez le soir plein de soucis nouveaux;
Et le besoin d'amour dont j'étais dévorée,
D'un peu d'illusion saluant votre entrée,
Rencontrait un accueil toujours brusque ou distrait
Dont vous ne me disiez pas même le secret.
Je n'ai connu de vous, entre vos bras jetée,
Que l'irritation loin de moi contractée;
Le respect du devoir m'a soutenue un temps,

Mais est-ce une pâture à des cœurs de vingt ans ?
J'ai succombé. — Mais vous, mon soutien légitime,
Vous qui n'avez rien fait pour me fermer l'abîme,
A ma chute, monsieur, vous deviez compatir,
Sinon par indulgence au moins par repentir !

TAMPONET.

Fort bien. Si je comprends où tend votre argutie,
Il faut de mes affronts que je vous remercie,
Et par contrition je dois peut-être aussi
Vous tendre l'autre joue en vous disant merci.
Morbleu ! madame, suis-je un homme qu'on bafoue ?
Jamais les Tamponet n'ont tendu l'autre joue,
Et votre amant verra si je suis un mari
Dont la contrition soit un commode abri.

ADRIENNE.

Pour la dernière fois, monsieur, je vous répète
Qu'entre monsieur Stéphane et moi rien ne s'apprête ;
Et s'il ne suffit pas à calmer vos soupçons,
Tant pis ! Je n'entends plus contraindre mes façons,
Et prétends à ma part des libertés modestes
Qu'ont partout nos regards, nos propos et nos gestes.
Avisez.

TAMPONET.

    C'est-à-dire...

ADRIENNE.

        On vient ; tenez-vous coi.

SCÈNE II.

ADRIENNE, JULIEN, GABRIELLE, TAMPONET.

JULIEN.

J'en fais juges ta tante et ton oncle.

TAMPONET.

De quoi?

JULIEN.

Trouvez-vous Gabrielle aimable avec Stéphane?

TAMPONET.

Ne le fût-elle pas, qu'un autre la condamne;
Quant à moi, j'aime peu ce petit compagnon.

JULIEN.

La question n'est pas que vous l'aimiez ou non.
(A Gabrielle.)
Stéphane doit au moins te trouver singulière.

ADRIENNE.

Qu'y faire? voulez-vous qu'elle soit familière?

JULIEN.

Non; — mais je te voudrais moins froide de moitié.
C'est un garçon pour qui j'ai beaucoup d'amitié,
Et je ne prétends pas que ta mauvaise grâce
Lui ferme cet hiver mon salon ou l'en chasse.

GABRIELLE.

Tranquillisez-vous donc, si c'est votre souci:
Votre ami cet hiver ne sera pas ici.

JULIEN.

Comment?

GABRIELLE.

Dans le Berry son père le rappelle.

JULIEN.

Allons donc! en voilà la première nouvelle.
Il te l'a dit?

GABRIELLE.

Pendant qu'on jouait au billard.

ADRIENNE, à part.

Aïe! aïe!

TAMPONET, à part.

Il n'aime pas ma femme puisqu'il part!
Voilà qui de nouveau m'embrouille les idées.

SCÈNE III.

ADRIENNE, JULIEN, STÉPHANE, GABRIELLE,
TAMPONET.

JULIEN.

Arrivez, que sur vous je lâche mes bordées,
Ingrat qui nous quittez sans demander avis.

GABRIELLE, vivement.

Des ordres paternels veulent être suivis.

STÉPHANE.

Oui, mon père en effet me rappelle.

JULIEN

La cause?

STÉPHANE.

Mais ce sont des détails de famille et je n'ose...

ADRIENNE, à part.

Il n'est pas inventif.

GABRIELLE.

Pourquoi n'osez-vous pas
A Julien comme à moi conter votre embarras ?
Le père de monsieur, comme tant d'autres pères,
Observe qu'à Paris son fils n'avance guères,
Et lui propose ailleurs un établissement
Que monsieur pour sa part accepte sagement.

JULIEN.

Quelle folie! aller s'enterrer en province!

ADRIENNE.

Bon! à très peu de frais on y vit comme un prince.

TAMPONET, à part.

Elle pousse au départ?

JULIEN.

Vous m'avez dit cent fois
Que vous ne pourriez pas y rester plus d'un mois ;
Et vous aviez raison, car Paris est le centre
De quiconque se sent autre chose qu'un ventre.
En province, mon cher, vous sécherez d'ennui,
Si vous ne devenez gras et gros comme un muid.

STÉPHANE.

Il n'importe, mon père...

JULIEN.

Est par trop égoïste
Si sa décision à ce tableau résiste.

STÉPHANE.

J'ai promis.

ADRIENNE.

On dirait à vous entendre tous
Que les départements soient des pays de loups.
Je vous jure, monsieur, que ce sont des contrées

Habitables à l'homme et point hyperborées ;
Les naturels n'ont pas le cerveau plus transi
Et l'esprit ne s'y perd ni plus ni moins qu'ici.
Votre père a raison ; c'est un rôle plus mince
De végéter chez nous que de vivre en province.
Être peu, dans Paris, c'est n'être rien du tout,
Et sans un piédestal nul n'y semble debout ;
En province, être peu c'est être quelque chose ;
Sur ses jambes chacun en évidence y pose,
Et l'on vous rend service en vous y rappelant,
Puisque le piédestal manque à votre talent.

TAMPONET, à part.

Ce jeune homme est charmant.

JULIEN.

Vous parlez d'or, ma tante.

C'est vrai ; le piédestal est la chose importante :
Je m'en charge. Je vois le ministre ce soir
Et j'essaierai sur lui de mon petit pouvoir.
Justement il lui manque un secrétaire intime ;
Le poste est excellent.

TAMPONET.

Peste ! excellentissime !

C'est un commencement qui peut conduire à tout,
Et je vois un bonnet de président au bout.

JULIEN.

Le bonnet est encore un peu dans un nuage ;
Mais je vois clairement un riche mariage.
Si trois cent mille francs avec un grand œil noir
Vous plaisent, je m'engage à vous les faire avoir.

TAMPONET.

Qui donc ?

JULIEN, bas.

Votre pupille.

TAMPONET.

Ah! oui.—C'est rare en France
Cent mille écus de dot, sans compter l'espérance.
Les voulez-vous ?

STÉPHANE.

Merci; je veux rester garçon.

JULIEN.

Ah! parbleu, j'en reviens à mon premier soupçon;
Vous êtes amoureux.

STÉPHANE.

Amoureux !

JULIEN.

Oui, vous l'êtes.

TAMPONET.

Il ne partirait pas.

JULIEN.

Que les oncles sont bêtes!...
Quand les chemins de fer votés par les maris
Mettent tous les amants aux portes de Paris?
On vient deux fois par mois, et la poste restante
Adoucit l'intervalle à la sensible amante.

TAMPONET.

Ah! vous croyez ?

JULIEN.

Parbleu!

GABRIELLE, à part.

Quel langage!

ADRIENNE, à part.

Voilà

Mon mari perplexe.

TAMPONET.

Oui, c'est possible cela !

STÉPHANE.

Je vous jure...

JULIEN.

Pourquoi le nier ? qui vous blâme ?
Je ne demande pas le nom de cette dame ;
Mais, soit dit sans choquer votre doux sentiment,
Elle n'en doit pas être à son premier amant.

TAMPONET, à part.

J'étouffe !

STÉPHANE, vivement.

Assez !

GABRIELLE, à part.

Je meurs de honte.

JULIEN, à Stéphane.

Sans colère,
Mon Amadis : elle est digne en tout de vous plaire.
Seulement elle sait sans doute ce qu'on doit
Attendre des amours qui vont sans bague au doigt,
Et vous pourriez très bien prendre votre courage
Pour lui dire : « Madame, on m'offre un mariage,
« Disposez de mon sort. » — Je voudrais parier
Qu'elle vous répondrait : Il faut vous marier.

ADRIENNE, regardant Gabrielle.

Peut-être.

TAMPONET, à part.

(Haut.)

C'est trop fort. Mon neveu, je vous prie,
Sortons, que je vous parle.

ADRIENNE, à part.

Il paraît en furie.

JULIEN.

Est-ce pressé, mon oncle?

TAMPONET.

(A part.)

Oui, oui! J'éclaterais!

JULIEN.

(A Stéphane.)

Allons. Nous reprendrons cet entretien après.

(Tamponet et Julien sortent.)

SCÈNE IV.

ADRIENNE, STÉPHANE, dans le fond, GABRIELLE.

ADRIENNE, à Gabrielle.

Il sait qu'il est aimé, n'est-ce pas?

(Gabrielle baisse la tête.)

Imprudente!

GABRIELLE.

Mais il part.

ADRIENNE.

Ce n'est pas chose bien évidente.
Les femmes que l'on voit se perdre, la plupart
Ont aussi commencé par croire à ce départ.

GABRIELLE.

Quelle comparaison!

ADRIENNE.

Veux-tu, quoi qu'il t'en coûte,

Te sauver?

GABRIELLE.

Je le veux.

ADRIENNE.

Attends. — On nous écoute.

(Regardant par la fenêtre.)

Ah ! Dieu ! ta fille au bord de ce vilain tonneau.

GABRIELLE.

Je cours...

STÉPHANE.

Restez.

(Il sort vivement.)

SCÈNE V.

ADRIENNE, GABRIELLE.

ADRIENNE.

Il a donné dans le panneau.

GABRIELLE.

C'était une ruse ?

ADRIENNE.

Oui. — Ruse bien innocente. —
Il faut à cet hymen que Stéphane consente.

GABRIELLE.

Adrienne !

ADRIENNE.

Il le faut, te dis-je, et sans sursis ;
Car autrement ta perte est certaine. — Choisis.

GABRIELLE.

Me crois-tu donc si peu d'honnêteté qu'il faille
Entre la honte et moi mettre cette muraille ?

Va, va! j'ai de la force, et j'ai su le prouver.

ADRIENNE.

Je dois te parler ferme afin de te sauver.
Qu'as-tu fait pour compter ainsi sur ton courage ?
Qu'as-tu fait pour te croire au-dessus de l'orage ?
Ton amour n'a pas su se taire seulement !
Tu crois bien beau l'effort d'exiler ton amant ? _
Mais je te le disais tout à l'heure, ces femmes
Que le monde poursuit justement de ses blâmes,
Ces femmes-là, ma chère, ont toutes au début
Honoré leur devoir de ce mince tribut.
Veux-tu leur ressembler ? Soit. Estime-toi forte,
Et laisse le danger s'établir à ta porte.

GABRIELLE.

Si Stéphane pourtant s'en allait pour toujours ?

ADRIENNE.

Les départs les plus sûrs sont sujets aux retours !
Mais ne revînt-il pas, ce serait sa ruine,
Et tu ne le veux pas ruiner, j'imagine ?

GABRIELLE.

Et moi qui n'ai pas eu cette pensée ! Oh ! oui,
C'est lui qu'il faut sauver et non pas moi ; c'est lui !
Tu devais commencer par ce mot, Adrienne.
Mais son consentement, crois-tu que je l'obtienne ?
Ce triste mariage, hélas ! est son salut,
C'est vrai ; mais il faudrait aussi qu'il le voulût.

ADRIENNE

Il le voudra, s'il croit à ton indifférence.

GABRIELLE.

Quoi ! feindre de ne plus l'aimer ? Quelle souffrance !

ADRIENNE.

Préfères-tu qu'il parte et s'enterre là-bas,
Ou qu'il reste à Paris et te perde ?

GABRIELLE.

Oh ! non pas,

Je ferai ce qu'il faut.

ADRIENNE.

Le voici ; je vous laisse.

(Elle sort.)

SCÈNE VI.

GABRIELLE, STÉPHANE.

GABRIELLE, à elle-même.

L'épreuve approche ; allons, mon cœur, pas de faiblesse.

STÉPHANE.

Je n'ai pas rencontré votre fille.

GABRIELLE.

Merci.

Nous avons à causer ; asseyez-vous ici.

STÉPHANE.

C'est donc très sérieux ?

GABRIELLE.

Très sérieux.

STÉPHANE.

J'écoute.

GABRIELLE.

Il faut vous marier.

6

STÉPHANE, bondissant.

Me marier !

GABRIELLE.

Sans doute.

Mais si le premier mot qu'on dit vous fait sauter,
Nous n'en finirons pas. — Tâchez de m'écouter.
Le parti qu'on vous offre est chose peu commune ;
Tout s'y trouve à la fois : figure, esprit, fortune,
Et qu'on soit à l'argent indifférent ou non,
Il faut bien avouer qu'il est bon compagnon.

STÉPHANE.

Est-ce vous qui parlez ? est-ce vous, Gabrielle ?

GABRIELLE, à part.
(Haut.)

Hélas ! Oui, je parais très superficielle ;
Mais, le cas échéant, je suis de bon conseil.

STÉPHANE.

C'est un rêve, sans doute.

GABRIELLE.

Hé non ! c'est un réveil.

Il s'est bien échangé, je crois, quelques paroles
Entre nous, mais au fond ce sont choses frivoles,
Et je ne voudrais pas, pour ce qui s'est passé,
Qu'à perdre un bon parti vous vous crussiez forcé.

STÉPHANE.

Est-ce une épreuve ?

GABRIELLE.

Hé non ! je vous mets à votre aise,
Voilà tout. — Mais, pour Dieu ! ne brisez pas ma chaise.

STÉPHANE.

Ainsi par vous déjà tout est mis en oubli ?

GABRIELLE.

Le roman promettait de devenir joli,
C'est vrai; mais quand soudain la réalité passe,
Ces petits romans-là doivent lui faire place.

STÉPHANE.

Je suis émerveillé de tout ce que j'entends,
Madame! je n'étais pour vous qu'un passe-temps?

(Otant la rose de sa boutonnière.)

Adieu donc, pauvre fleur! va, que le vent t'emporte
Avec le souvenir de ma tendresse morte.
Je fais de mon amour comme de ce bouquet.

(Il jette la rose.)

GABRIELLE, à part.

Adrienne! — Il est temps! La force me manquait.

SCÈNE VII.

GABRIELLE, ADRIENNE, STÉPHANE.

STÉPHANE, à Adrienne.

Venez, venez, madame, apprendre une nouvelle
Qui vous étonnera peut-être.

ADRIENNE.

           Quelle est-elle?

STÉPHANE.

C'est que tout bien pesé, tout bien examiné,
A prendre femme enfin je suis déterminé.

GABRIELLE, à part.

Déjà!

ADRIENNE.

Vraiment ?

STÉPHANE.

J'étais épris d'une coquette
Qui regarde l'amour comme un jeu de raquette.

ADRIENNE, bas à Gabrielle.

Oh ! c'est bien.

STÉPHANE.

Je voulais lui conserver ma foi,
Pourtant, par un scrupule aussi naïf que moi ;
Mais madame m'a fait comprendre ma sottise,
Et, grâce à ses conseils prudents, je me ravise.

ADRIENNE.

Oui, oui, mariez-vous ; hors de là, rien de bon.

STÉPHANE.

D'autant que la personne est charmante, dit-on.

ADRIENNE.

Oui, charmante en effet.

STÉPHANE,

                    Est-elle brune ou blonde ?

ADRIENNE.

Elle est blonde.

STÉPHANE.

Je suis le plus heureux du monde.
Quel âge a-t-elle ?

ADRIENNE.

Elle a seize ans.

STÉPHANE.

                    De mieux en mieux.

Son esprit ne doit pas être encor vicieux,
Et je trouverai là ce sûr et doux commerce

Où le cœur fatigué se repose et se berce.

GABRIELLE, à part.

O mon Dieu !

ADRIENNE, bas à Gabrielle.

Du courage !

STÉPHANE.

A-t-elle des talents,

Comme disent messieurs les notaires galants ?

ADRIENNE.

Les futures en ont dans tous les mariages.

STÉPHANE.

C'est vrai ; — mais croyez-vous qu'elle aime les voyages ?

ADRIENNE.

Ma foi, je n'en sais rien.

STÉPHANE.

S'aimer et voyager !

On est bien plus ensemble en pays étranger,

Loin de cette amicale et sotte multitude

Qui vous vole, en passant, un peu de solitude.

ADRIENNE.

Oui. — Voulez-vous dehors poursuivre ce propos ?

STÉPHANE.

Volontiers.

(Il la suit vers la porte, puis se retourne et indique Gabrielle.)

Et madame ?

ADRIENNE.

Il lui faut du repos.

STÉPHANE, revenant vivement à Gabrielle.

Qu'avez-vous ?

ADRIENNE, de la porte.

Venez donc.

6.

STÉPHANE, bas à Gabrielle.

Je fais ce qu'on m'ordonne.

GABRIELLE, bas et vivement.

Ne vous mariez pas... et que Dieu me pardonne !

STÉPHANE.

« O ciel !

(Sur un signe de Gabrielle, il rejoint Adrienne et sort avec elle.)

GABRIELLE, se relevant.

« J'étais hier une femme de bien !...

« Reculons le moment de rencontrer Julien.

(Elle sort.)

FIN DU TROISIÈME ACTE.

ACTE QUATRIÈME.

Même décoration.

SCÈNE PREMIÈRE.

JULIEN, TAMPONET.

TAMPONET.

Une femme pour qui j'ai tout fait! c'est infàme!

JULIEN.

Vous êtes archi-fou, mon cher oncle.

TAMPONET.

Une femme

Pour qui depuis vingt ans je suis aux petits soins!
Voilà ma récompense!

JULIEN.

Encore un coup...

TAMPONET.

Du moins

Si j'étais un mari négligent, infidèle,
Ou cassé... Mais je suis pétulant auprès d'elle
Comme au premier quartier de la lune de miel,
Ma parole d'honneur! — Que lui faut-il, ô ciel!

JULIEN.

Permettez-moi...

TAMPONET.

Tromper un époux exemplaire
Et qui se jetterait dans le feu pour lui plaire!
Un mot vous apprendra jusqu'où vont mes égards :
Je fais depuis quinze ans semblant d'aimer les arts.

JULIEN.

Vous ne les aimez pas?

TAMPONET.

Qui ? moi! je les déteste!
Ils me sont en horreur à l'égal de la peste!
La musique surtout me donne sur les nerfs;
La peinture m'assomme et j'exècre les vers...
Eh bien! pour m'ajuster aux goûts de mon ingrate,
Je feins de me pâmer pendant une sonate;
J'achète des tableaux avec mon pauvre argent;
Je les fais encadrer; et, tout en enrageant,
J'apprends par cœur, malgré ma mauvaise mémoire,
Un tas de vers, sans rien comprendre à ce grimoire.
Après avoir tant fait, n'est-ce pas du guignon
D'être... ce que je suis ?

JULIEN.

Mais non! mille fois non!
Vous ne l'êtes pas!

TAMPONET.

Quoi! quand j'en conviens moi-même?

JULIEN.

Vous vous trompez.

TAMPONET.

Morbleu!

JULIEN.

Fi donc! c'est un blasphème!

TAMPONET.

Je me vante à ce compte?

JULIEN.

Eh! oui, vous avez tort.

TAMPONET.

Ne pas en être cru là-dessus, c'est trop fort!

JULIEN.

Cher oncle, laissez-moi vous dire...

TAMPONET.

Suis-je un braque

Dont le cerveau fêlé sans motif se détraque?
J'ai cent preuves pour une, et si je sors des gonds...
— En un mot, voulez-vous être un de mes seconds?

JULIEN.

Puisque vous tenez tant à votre nouveau titre,
Laissez-moi m'expliquer un peu sur ce chapitre.
Moi, si j'étais trompé, je ne me battrais pas;
J'éconduirais l'amant en douceur et tout bas,
Estimant que traîner notre honneur sur la claie
N'est pas le vrai moyen d'en refermer la plaie,
Et qu'un sage silence est le seul appareil
Qu'on y doive poser en accident pareil.
Ainsi quand vous seriez ce que vous voulez être...

TAMPONET.

Quand je serais?... Tournez les yeux vers la fenêtre;
Les voyez-vous tous deux? Parbleu! j'en suis charmé.

JULIEN.

Ils causent.

TAMPONET.

Mais voyez de quel air animé!
Vous appelez cela causer? De pareils gestes

Tiennent-ils compagnie à des discours modestes?
Voyez!... Elle saisit l'infàme par le bras...
Malheureuse! tu crois que je ne te vois pas!
— Ils s'arrêtent... Il met la main sur sa poitrine...
Ce qu'il peut répliquer ainsi, je le devine!
Tenez, il tend le bras comme pour un serment...
Va, drôle! gesticule avant l'enterrement!
Tu verras si je suis un mari débonnaire...
— Est-ce clair maintenant? suis-je un visionnaire?

JULIEN.

C'est étrange, en effet.

TAMPONET.

> Ah! ah! vous commencez

A trouver mes soupçons un peu moins insensés?
C'est heureux! — Je me bats, la chose est résolue.
Serez-vous mon témoin?

JULIEN.

> Vous avez la berlue

Et vous me la donnez.

TAMPONET.

> Serez-vous mon témoin?

JULIEN.

Éclaircissons les faits avant d'aller plus loin.
Ils viennent par ici : pour résoudre nos doutes,
Derrière la cloison mettons-nous aux écoutes.

TAMPONET.

Mais lorsque vous serez certain de mes affronts,
Vous serez mon témoin?

JULIEN.

> Nous verrons, nous verrons.

Mais je veux parier cent contre un que ce piége
Vous montrera ma tante aussi blanche que neige.

TAMPONET.

Vous me faites rire.

JULIEN.

Oui ? — Cachons-nous là-dedans
Et vous rirez bientôt mieux que du bout des dents.

TAMPONET.

Ce moyen me répugne.

JULIEN.

Il est vieux ; mais qu'importe !
S'il n'était qu'un jaloux sur terre et qu'une porte,
La porte servirait d'embuscade au jaloux,
C'est moi qui vous le dis : c'est pourquoi cachons-nous,
Et tâchons d'écouter cet entretien si tendre,
Puisqu'il n'est rien de tel qu'écouter pour entendre.
Les voici... vite, entrez.

TAMPONET, sur la porte.

Vous serez mon témoin ?

JULIEN.

Oui, car vous n'en aurez sûrement pas besoin.

(Ils entrent dans la pièce à droite.)

SCÈNE II.

ADRIENNE, STÉPHANE. (Ils viennent du fond.)

ADRIENNE.

Ainsi votre ferveur au grand air se dissipe,
Et vous restez garçon maintenant par principe ?

STÉPHANE.

Oui. Tout décidément vive le célibat!
C'est un goût dépravé que ma raison combat,
Mais en vain. Contre lui pourquoi m'obstinerais-je?
Tenez, vous avez vu sur l'eau flotter du liége :
On peut bien quelquefois l'enfoncer jusqu'au fond,
Mais il remonte à flot après chaque plongeon.
Cette explication, madame, suffit-elle ?

ADRIENNE.

Non. Je vous en propose une plus naturelle :
C'est que vous conservez quelque espoir d'être aimé.

STÉPHANE.

Ah ! de ce côté-là mon cœur est bien fermé,
Je vous jure. Je suis guéri de cette femme,
Et son indifférence est un puissant dictame.

ADRIENNE.

Vous avez cru lui plaire : elle vous l'avait dit.
Il est vrai maintenant que son cœur s'en dédit;
Mais la fatuité de l'homme est si têtue
Qu'il lui faut vingt échecs pour se croire battue.

STÉPHANE.

Pour moi, je crois si bien mon désastre accompli,
Madame, que j'en suis tout vengé par l'oubli.

ADRIENNE.

Si vraiment vous avez cette philosophie,
Je vous fais compliment; car je vous certifie
Que Gabrielle...

STÉPHANE.

Quoi ! vous saviez ?...

ADRIENNE.

Je savais ;

Et j'avoûrai, de plus, que je vous desservais.

Donc je vous certifie, et vous pouvez m'en croire,

Qu'il ne reste plus rien de vous qu'en sa mémoire.

STÉPHANE.

Vraiment ! Se souvient-elle encore de mon nom ?

Dans quinze jours d'ici je jurerais que non.

Beau texte pour parler avec quelque amertume

De ce sexe volage au vent comme la plume !

Mais, bah ! j'en fais mon deuil sans phrase et sans effort.

ADRIENNE.

Votre deuil est trop gai : le défunt n'est pas mort.

Tenez, ne perdons pas de temps en bagatelle :

Vous avez parlé bas tantôt à Gabrielle

En la quittant.

STÉPHANE.

Moi?

ADRIENNE.

Vous. Qu'a-t-elle répondu ?

J'ai tâché d'écouter, et n'ai pas entendu ;

Mais c'est évidemment la réponse accordée

Qui vous a fait changer si promptement d'idée.

STÉPHANE.

Je ne vous comprends pas, madame.

ADRIENNE.

En vérité ?

C'est donc que vous manquez de bonne volonté.

STÉPHANE.

A force d'être fin votre esprit se fourvoie.

7

ADRIENNE.

Allons, je vois qu'il faut vous mettre sur la voie.
Serait-ce point ceci qu'on vous a dit tout bas :
« Je vous aime toujours, ne vous mariez pas. »
Rappelez-vous.

STÉPHANE.

Croyez ce qu'il vous plaît de croire,
Madame, et finissons cet interrogatoire.

ADRIENNE.

C'est un aveu, cela.

STÉPHANE.

Non pas ! — Je prends congé,
Car votre esprit fait peur au peu d'esprit que j'ai.

(Il sort.)

SCÈNE III.

JULIEN, très pâle, ADRIENNE, TAMPONET.

TAMPONET, entr'ouvrant la porte.

Il est parti.

ADRIENNE.

Julien !

JULIEN, souriant.

Moi, ma tante, en personne.

ADRIENNE.

Vous avez entendu ?...

TAMPONET.

Tout entendu, mignonne !
J'attends de ta bonté deux cent mille pardons,
Et je me sens en train de chanter des fredons !

ADRIENNE.

(A Julien.)

C'est assez. Vous avez entendu que Stéphane
Aime ?...

JULIEN.

Oui.

TAMPONET, à part.

Pauvre garçon ! Et moi qui me pavane !

ADRIENNE.

Mais s'il n'est pas aimé, que vous importe ?

JULIEN.

Il l'est ;

Nous avons entendu l'entretien au complet.

ADRIENNE.

Ce calme est effrayant alors.

JULIEN.

Pourquoi, ma tante ?

TAMPONET, qui a passé à la droite de Julien.

N'oubliez pas, mon cher, si quelque éclat vous tente,
Qu'un silence prudent est le seul appareil
Que supporte l'honneur en accident pareil.

JULIEN.

Mais ce n'est pas le cas d'appliquer la sentence,
Cher oncle, et mon honneur n'est pas atteint, je pense.
Ma femme a moins d'amour encor que de vertu :
Je l'estime d'autant qu'elle a bien combattu,
Et la tiens en mon cœur pour une brave femme
Digne de mon respect et non pas de mon blâme.
Quiconque en parlerait autrement a menti.

TAMPONET.

(A part.)

A la bonne heure ! Il prend galamment son parti.

JULIEN, avec effort.

Quant à monsieur Stéphane...

TAMPONET.

Oui, parlons-en !

JULIEN.

En somme,

Il a fait là dedans son métier de jeune homme.
Mais j'étais son ami ! — Cependant je lui crois,
Malgré sa trahison, le cœur et l'esprit droits.

TAMPONET.

Lui ? c'est, tranchons le mot, une franche canaille.
Il faut le renvoyer.

JULIEN.

Non. Il faut qu'il s'en aille.

Il est très étourdi, mais n'est pas vicieux.
Je lui rendrai ses torts à lui-même odieux,
Et je l'accablerai d'une amitié si vraie
Que de sa trahison il faudra qu'il s'effraie.

TAMPONET.

Ce moyen est chanceux.

JULIEN.

Non, non, il ne l'est pas.

A moins de s'avouer le dernier des pieds plats,
On n'ose pas tromper l'homme qui se confie.

TAMPONET.

Mais enfin, s'il l'osait ?

JULIEN.

Alors je l'en défie,

Car Gabrielle, ouvrant les yeux avec dégoût,
Remettrait dans son cœur mon image debout.

ADRIENNE.

Lorsque la passion est réellement forte,
Il n'est digue ni mur que son courant n'emporte.

JULIEN.

La leur n'est, grâce au ciel, encore qu'un ruisseau
Qui va se diviser à l'entour d'un roseau.
Seulement n'allez pas leur dire, je vous prie,
Que je suis averti de leur étourderie :
Cela gâterait tout.

ADRIENNE.

Je m'en garderais bien.

TAMPONET.

Moi de même.

JULIEN.

Il me faut un moment d'entretien
Avec ma femme, ici. Seriez-vous assez bonne
Pour me l'envoyer?

ADRIENNE.

Certe!

TAMPONET.

Attends-moi donc, mignonne.

JULIEN.

Mon oncle veut avoir son tête-à-tête aussi...
Mais le sien est plus gai que le mien.

TAMPONET, à part.

Dieu merci!

(A sa femme, dans le fond du théâtre.)
Étrange insouciance en cette catastrophe!

ADRIENNE.

Bien étrange, en effet.

7.

TAMPONET.

C'est un grand philosophe!

(Ils sortent.)

SCÈNE IV.

JULIEN, seul.

Déborde, pauvre cœur gonflé de désespoir!
Elle ne m'aime plus! — Qui l'aurait pu prévoir?
Je sens sombrer ma vie entière en ce naufrage!
Adieu, bonheur; adieu, travail; adieu, courage...
A quoi bon désormais des efforts superflus?
Je suis seul dans le monde; elle ne m'aime plus!

(Il s'assied.)

Insensé! voilà donc la tendresse éphémère
Que j'ai pu préférer à la vôtre, ô ma mère!
Quand mon petit bagage a vidé la maison,
Vous pleuriez en silence, et vous aviez raison;
Car votre fils quittait sa véritable amie,
O mère, dans la tombe à présent endormie!
Hélas! j'ai plus aimé cette femme que vous;
Je l'entourais de soins plus tendres et plus doux;
Pour ne pas voir un pli sur sa lèvre vermeille,
Je desséchais mon sang aux ardeurs de la veille,
Et la trouvant heureuse et fraîche le matin,
J'oubliais ma fatigue aux roses de son teint...
Voilà ma récompense! O l'ingrate! l'ingrate!

(Il se lève.)

Et de quoi te plains-tu? qu'es-tu donc qui la flatte,
Pauvre gratte-papier, obscur praticien,
Avocat de la veuve et du mur mitoyen?

Te crois-tu bon à mieux qu'à payer sa dépense,
Manœuvre, et te faut-il une autre récompense
Que l'honneur, déjà grand pour ton obscurité,
De défrayer son luxe et son oisiveté ?
Tu prétends être aimé? Regarde-toi ! les rides
S'impriment avant l'âge à tes tempes arides.
C'est le travail, dis-tu! mais qu'importe à ses yeux ?
Tout ce qu'elle en conclut, c'est que tu te fais vieux;
Elle te sacrifie au premier fat qui passe...
O les femmes! stupide et méprisable race !
Qu'elle me fait de mal, la cruelle !
                        (Il se rassied.)
                                        Eh bien, quoi ?
Est-elle là dedans moins à plaindre que moi?
N'a-t-elle pas perdu le repos qu'elle m'ôte ?
Elle ne m'aime plus ! mais ce n'est pas sa faute...
C'est peut-être la mienne ! — Elle a bien combattu;
Que puis-je demander de plus à sa vertu ?
Je dois mettre une main sur ma plaie, et de l'autre
Défendre son honneur... dernier bien qui soit nôtre!
Il faut la raffermir au moins dans son devoir...
                (Gabrielle entre.)
En est-il temps encore ? Ah ! je vais le savoir.

SCÈNE V.

GABRIELLE, JULIEN.

GABRIELLE.

Vous voulez me parler ?

JULIEN, très simplement.

                    Oui. Je pars dans une heure;

Prépare une chemise, entends-tu? la meilleure.
(Il passe à droite.)
Fais brosser mon habit; il faut te dépêcher.
Ah! pense à visiter les chambres à coucher;
Pour les époux, la chambre avec l'alcôve double;
Pour Stéphane...

GABRIELLE.

Monsieur Stéphane?...

JULIEN, à part.

Elle se trouble.

GABRIELLE.

C'est impossible.

JULIEN.

En quoi, ma chère, et depuis quand
L'appartement d'en haut n'est-il donc plus vacant?

GABRIELLE.

Mais...un jeune homme ici...la nuit...en votre absence...
C'est contraire, je crois, à toute bienséance.

JULIEN.

Ah! bah! pour une nuit! — Les autres restent bien.

GABRIELLE.

C'est différent.

JULIEN.

Ce sont les amis; c'est le mien.

GABRIELLE.

Mon dieu! n'insistez pas.

JULIEN.

Comme te voilà prude!
Je ne t'ai jamais vue à personne aussi rude.

GABRIELLE.

Soit; mais je ne veux pas qu'il passe ici la nuit.

JULIEN, à part.

Je respire! — Il est temps, puisqu'elle a peur de lui.
(Haut.)
Eh bien! fais retenir une chambre à l'auberge ;
Qu'importe la façon, pourvu que je l'héberge !
(Stéphane entre ; il s'arrête sur la porte en voyant Julien.)

SCÈNE VI.

STÉPHANE, JULIEN, GABRIELLE.

JULIEN.

Venez, mon cher. — Je pars pour Paris ; mais demain
Nous nous retrouverons ici le verre en main.

STÉPHANE.

Quoi ?...

JULIEN.

Si vous n'avez rien pourtant qui vous empêche
De passer au village une nuit un peu fraîche.

STÉPHANE.

Au contraire.

JULIEN, à Gabrielle qui se dirige vers la droite.

Où vas-tu ?

GABRIELLE.

Votre habit...

JULIEN.

Ah ! c'est vrai.

Va, dans une minute ou deux je te suivrai.
(Gabrielle sort.)

SCÈNE VII.

STÉPHANE, JULIEN.

JULIEN.

Nos lits vacants sont pris par mon oncle et ma tante ;
Mais nous avons tout près une auberge excellente.

STÉPHANE.

C'est parfait.

JULIEN.

Pardonnez à l'exiguité
D'une maison peu propre à l'hospitalité :
Si l'amitié pouvait élargir la muraille,
Vous auriez une chambre ici de belle taille.

STÉPHANE, avec embarras.

Je ne mérite pas vos bontés.

JULIEN.

Mes bontés !...
D'abord, ce n'en sont pas ; puis vous les méritez.
Vous m'avez plu, mon cher, à la première vue,
Et jamais mon instinct n'a commis de bévue.
Voilà, me suis-je dit, un ami qui me vient,
Un homme franc, loyal, un cœur qui me convient.
Me trompais-je ?

STÉPHANE.

Non, certe.

JULIEN.

Aussi ma confidence
Se sent vers vous portée avec pleine assurance,
Et vous êtes le seul devant qui j'oserais

Ouvrir la profondeur de mes chagrins secrets.

STÉPHANE.

Des chagrins ?

JULIEN.

Ma gaîté n'est, hélas ! qu'un mensonge,
Et je porte une plaie en dedans qui me ronge.
C'est... L'aveu, cher Stéphane, est des plus délicats :
A tout autre que vous je ne le ferais pas,
Car les gens sont enclins à s'amuser sous cape
Des tourments d'un époux à qui sa femme échappe.

STÉPHANE, troublé.

Vous croyez que madame ?...

JULIEN.

Oui, je ne sais pourquoi,
Son cœur de jour en jour se retire de moi.

STÉPHANE.

Soupçonnez-vous qu'un autre ?...

JULIEN.

Un autre ? — Gabrielle
Ne trompera jamais ma confiance en elle.
Mais n'est-ce point assez de perdre son amour ?

STÉPHANE.

Vous l'aimez donc... beaucoup ?

JULIEN.

Autant qu'au premier jour ;
Plus même. — Elle n'est plus seulement mon délice,
Elle est le fondement de tout mon édifice.
Son amour me manquant, tout me manque à la fois.
Jugez donc ce que vaut ma gaîté quand je vois
Sa froideur sous mes yeux incessamment accrue !
— Je suis le laboureur assis sur sa charrue,

Qui d'un air hébété fredonne une chanson,
En regardant le feu dévorer sa moisson.

STÉPHANE.

(A part.)

Vous vous exagérez sans doute... Que lui dire ?

JULIEN.

Je n'exagère rien, non ; son cœur se retire.
Si je savais pourquoi, je pourrais y pourvoir...
Et par vous, mon ami, j'espère le savoir.

STÉPHANE.

Par moi, monsieur !

JULIEN.

Ma femme a pour vous de l'estime :
Essayez de gagner sa confidence intime.
Elle est fière, et si j'ai des torts, comme je crois,
Elle s'en ouvrira plutôt à vous qu'à moi.

STÉPHANE.

Vous me donnez, monsieur, un délicat office.

JULIEN.

Au nom de l'amitié rendez-moi ce service.
En un mot je remets ma vie en votre main.

(A part.)

Adieu. Je puis dormir en paix jusqu'à demain.

(Il sort.)

SCÈNE VIII.

STÉPHANE, seul ; il traverse lentement la scène, la tête inclinée
sur la poitrine : il va s'asseoir sur le canapé à gauche et après un
long silence :

Après tout, j'aime aussi Gabrielle, je l'aime !
Chacun pour soi. L'amour ne connaît que lui-même.

Je ne partirai pas. — Le tromper cependant
Cet homme qui me vient prendre pour confident
Et de son amitié loyalement m'accable,
C'est une lâcheté dont je suis incapable !
Tout à l'heure déjà mon honneur a frémi
Quand débonnairement il me traitait d'ami ;
Ce serait tous les jours nouvelle platitude
Qui dégénèrerait bientôt en habitude,
Car ce que je n'ai pu tout à l'heure éviter
Le subir par deux fois ce serait l'accepter !
— Laissons aux intrigants les basses perfidies.
La honte n'entre point dans les choses hardies,
Et l'enlèvement seul en cette extrémité
Peut sauver notre amour et notre dignité.
Il faut que Gabrielle à cela se résigne.

(Il va pour sortir, quand Tamponet entre.)

SCÈNE IX.

TAMPONET, STÉPHANE.

TAMPONET, à part.

Attachons-nous à lui selon notre consigne.

STÉPHANE, à part.

Encor cet imbécile !

TAMPONET.

Hé ! hé ! mauvais sujet,
Nous avions entamé, ce me semble, un piquet.

STÉPHANE.

Excusez-moi, monsieur, de ne pas le poursuivre.

8

TAMPONET.

(A part.)

A votre aise. Il n'a pas le moindre savoir-vivre.

STÉPHANE.

Julien est-il parti ?

TAMPONET.

Je le quitte à l'instant;

Mais il m'a délégué tous ses droits en partant,

Et notamment celui de récréer son hôte.

Si vous vous ennuyez, ce sera de ma faute.

STÉPHANE.

Je le crois ; mais je suis si maussade aujourd'hui

Que vous vous laisseriez gagner à mon ennui.

TAMPONET.

Allons donc !

STÉPHANE.

Non, vraiment. Faussez-moi compagnie.

TAMPONET.

Pour qui me prenez-vous ?

STÉPHANE.

Point de cérémonie,

De grâce ; laissez-moi.

TAMPONET.

Je ne vous quitte pas.

STÉPHANE.

C'est donc moi qui vous quitte alors.

(Il sort.)

TAMPONET, courant après lui.

Je suis vos pas.

FIN DU QUATRIÈME ACTE.

ACTE CINQUIÈME.

Même décoration.

Dans l'entr'acte deux domestiques apportent des lampes et le café,
qu'ils posent sur la table à droite.

SCÈNE PREMIÈRE.

GABRIELLE, devant la table, TAMPONET, STÉPHANE,
ADRIENNE.

TAMPONET.

Ma foi, j'ai bien dîné. — Ce n'est pas que j'y tienne ;
Mais si frugal qu'on soit...

ADRIENNE, sur le canapé.

Il faut qu'on se soutienne.

TAMPONET.

Je me suis soutenu. C'est une vérité
Qui n'incrimine en rien ma sensibilité.
Un mauvais estomac ne fait pas un poète,
Quoi qu'en pense monsieur.

STÉPHANE.

(A part.)

Moi ? Ce vieillard m'hébète !

GABRIELLE.

Du café, mon cher oncle?

TAMPONET.

Et tout ce qui s'ensuit,
Car je prétends ne pas fermer l'œil de la nuit.
A notre jeune ami je tiendrai compagnie.

STÉPHANE.

A moi? Parbleu! c'est trop... trop de cérémonie;
Je dors la nuit.

TAMPONET.

Allons! Est-ce qu'on peut dormir
Dans un lit d'auberge?

STÉPHANÈ.

(A part.)

Oui, certe. Il me fait frémir.

TAMPONET.

Nous nous promènerions ensemble au clair de lune.

STÉPHANE.

Merci!

TAMPONET.

Vous refusez? Allons, soit; sans rancune.

GABRIELLE, à Stéphane.

Une tasse, monsieur?

(Stéphane s'incline et s'approche de Gabrielle.)

ADRIENNE, bas à Tamponet.

Emmenez-le.

TAMPONET, bas.

Très bien.

STÉPHANE, bas à Gabrielle.

Gabrielle, il me faut un moment d'entretien.
Tâchez de renvoyer votre oncle et votre tante.

GABRIELLE, bas.

Je ne peux pas.

TAMPONET, à la fenêtre.

Voyez quelle lune éclatante,
Mon cher ! Si peu qu'on ait de poésie au cœur,
Cet astre attendrissant le remplit de langueur.

STÉPHANE.

Comment résistez-vous à l'admirer, barbare ?

TAMPONET.

Qui dit que j'y résiste ? Allumons un cigare
Et sortons. Rien n'est doux, lorsque l'on sait aimer,
Comme de regarder la lune et de fumer.

STÉPHANE.

Quant à moi, j'aime mieux rester avec ces dames.

ADRIENNE.

Oh ! nous vous permettons de nous quitter. Les femmes
Ont toujours quelque chose à se dire en secret.

STÉPHANE.

Puisque je suis de trop, je sors, mais à regret.

TAMPONET.

Venez, nous causerons.

STÉPHANE, à part.

Allons, il faut le suivre !
Ne trouverai-je rien qui de lui me délivre ?
Tous les moyens sont bons contre un tel importun.

TAMPONET, prenant le bras de Stéphane.

La nature a le soir un enivrant parfum !

(Ils sortent.)

8.

SCÈNE II.

GABRIELLE, ADRIENNE.

GABRIELLE.

Quel secret as-tu donc ?

ADRIENNE.

Quel secret ? Je t'admire !
C'est toi qui dois avoir quelque chose à me dire.

GABRIELLE.

Et quoi donc ?

ADRIENNE.

Presque rien. Par exemple, le mot
Que tu glissais tout bas à Stéphane tantôt.

GABRIELLE.

Je ne sais.

ADRIENNE.

Ai-je donc perdu ta confiance,
Ou bien n'oses-tu plus m'ouvrir ta conscience ?
J'en ai bien peur.

GABRIELLE.

Jamais je ne t'ai rien caché.

ADRIENNE.

Quand Stéphane tantôt de toi s'est rapproché,
Vous avez échangé quelques mots à voix basse.

GABRIELLE.

Ah ! oui, je m'en souviens... j'ai dit que j'étais lasse.

ADRIENNE.

Pas autre chose ?

GABRIELLE.

Non.

ADRIENNE.

Voudrais-tu l'attester

Par serment ?

GABRIELLE.

Quel motif as-tu pour en douter ?

ADRIENNE.

Stéphane tout à coup a changé de langage
Et s'est déclaré net contre le mariage ;
Pourquoi ?

GABRIELLE.

Mais... je ne sais... Tiens, je mens lâchement !
Tout mon cœur se soulève en cet abaissement !
J'appartiens à Stéphane.

ADRIENNE.

Oh !

GABRIELLE.

Du moins de parole.

ADRIENNE.

S'il est temps encor...

GABRIELLE.

Non, pas un mot. Je suis folle,
J'ai la fièvre. Tais-toi ; le sort en est jeté :
Je suis perdue enfin, voilà la vérité.

ADRIENNE.

Si tu souffres avant la faute consommée,
Pauvre enfant, que sera-ce après ?

GABRIELLE.

Je suis aimée !

ADRIENNE.

Tu crois l'être du moins. Elle le crut aussi
Celle dont ce matin je te parlais ici.
Elle se consolait avec cette pensée
Des hontes dont sans cesse elle était oppressée;
Car, vois-tu, le mensonge est un âpre tyran
Qui ne relâche plus ceux qu'une fois il prend,
Et le ciel juste a fait de ses ignominies
Le secret châtiment des fautes impunies !

GABRIELLE.

Je le sais déjà.

ADRIENNE.

            Non ; car si tu le savais
Tu n'irais pas plus loin dans ce chemin mauvais.
C'est un mensonge aisé celui dont l'assurance
Défend contre le monde une chère espérance :
Mais qu'il est douloureux et demande d'efforts
Celui qui n'a plus rien à cacher qu'un remords !
Va, tu le connaîtras un jour le dur supplice
De tromper ton mari, maudissant ton complice ;
Et ce sera le jour où tu t'apercevras
Que de sa passion le malheureux est las.

GABRIELLE.

L'amant de ton amie était un misérable,
Voilà tout.

ADRIENNE.

            Non ; c'était un jeune homme honorable,
Et ses premiers serments furent de bonne foi ;
Mais il ne m'aimait plus.

GABRIELLE.

            C'était toi ? — C'était toi !

ADRIENNE.

Hélas !

GABRIELLE.

Ne rougis pas, ô ma chère Adrienne !
C'est un lien de plus ; ma faute aime la tienne !
J'aurai donc une amie à qui me confier,
Qui saura me comprendre et me justifier !

ADRIENNE.

Je ne chercherai pas de vaine échappatoire ;
Puisqu'un mot m'a trahie, écoute mon histoire,
Et puissent mes douleurs au moins te protéger !

GABRIELLE.

Je ne veux les savoir que pour les partager.

ADRIENNE.

C'est l'histoire toujours vieille et toujours nouvelle !
Je fus heureuse un an... puisque cela s'appelle
Du bonheur. — Il m'aimait ; il le croyait, du moins,
Et ses serments prenaient les anges à témoins.
Puis l'habitude vint. Sa tendresse assouvie
Ne suffit bientôt plus à l'ardeur de sa vie...
Quand une passion vient à se consulter,
Tout s'accorde aussitôt à la précipiter ;
Tout déplaît à l'amant refroidi ; tout l'irrite,
Surtout ce dont jadis il nous fit un mérite.
S'il cherche à quereller, notre douceur paraît
Comme une résistance à son désir secret ;
Notre adresse, autrefois pleine de poésie,
A parer aux soupçons, devient hypocrisie ;
Il finit, entends-tu ? par plaindre notre époux,
Et prendre, au fond du cœur, son parti contre nous,
Tant ce mari trompé lui paraît honnête homme

Depuis qu'il n'a plus rien à lui voler, en somme.

GABRIELLE.

Mais c'est une infamie !

ADRIENNE.

     Hélas ! non. C'est le cours
Des choses de la vie et le train des amours.
Mais ce que j'ai souffert, je ne saurais le dire.

GABRIELLE.

Je le comprends assez.

ADRIENNE.

     Un seul mot peut suffire :
Je l'aimais, et parfois je désirais sa mort.

GABRIELLE.

Et tu n'as pas rompu ?

ADRIENNE.

     Ce fut mon plus grand tort.
Mais un reste d'espoir m'en ôtait le courage,
Et lui de son côté subissait l'esclavage
Par un dernier égard semblable au repentir,
N'osant m'abandonner et désirant partir.
La liaison ainsi, pendant toute une année,
Dans les déchirements s'est encore traînée,
Et Dieu sait jusqu'à quand tous deux aurions souffert,
Si mon mari n'avait un jour tout découvert.
Le croirais-tu ? j'étais si brisée et si lasse,
Que ce dernier malheur me parut une grâce.

GABRIELLE.

Pauvre âme, ton récit m'a donné le frisson.

ADRIENNE.

Que mon exemple, alors, te serve de leçon ;
Car le même malheur sur ton avenir plane.

GABRIELLE.

Ah ! ne compare pas ton amant à Stéphane ;
Stéphane est simple et bon ; il m'aime noblement
Et m'a déjà prouvé son entier dévoûment.
Va, je réponds de lui sans être bien savante,
Et ton récit pour moi n'a pas d'autre épouvante
Que celle du mensonge où j'allais m'enchaîner
Et dont il est à temps venu me détourner.
Merci, tu m'as sauvée.

ADRIENNE.

O Dieu clément !

SCÈNE III.

GABRIELLE, ADRIENNE, STÉPHANE.

STÉPHANE, à Adrienne.

Madame,
Dans sa chambre monsieur Tamponet vous réclame ;
A se changer du haut en bas il est réduit,
Et vous avez, dit-il, la clé du sac de nuit.

ADRIENNE.

Qu'est-il arrivé donc ?

STÉPHANE.

Une sotte aventure,
Madame ; il me faisait admirer la nature
Et récitait des vers charmants, quand tout à coup
Je le vois s'enfoncer en terre jusqu'au cou.
Jugez de mon effroi ! j'éclaircis le mystère :
C'était ce grand tonneau béant à fleur de terre,
Et qui pour le moment était plein jusqu'aux bords.

J'en tirai votre époux, tremblant de tout son corps,
Et pendant que je parle, il grelotte en chemise
Dans sa chambre, attendant la clé de la valise.

ADRIENNE.

Tenez, portez-la-lui.

STÉPHANE.

Moi ?

ADRIENNE.

Vous, oui, s'il vous plaît.

STÉPHANE.

En toute occasion je suis votre valet;
Mais monsieur Tamponet vous demande en personne;
Il craint d'être malade... et de fait, il frissonne.
Je ne lui serais pas, je crois, d'un grand secours.

ADRIENNE, à part.

(Haut.)

Je ne les laisserai pas longtemps seuls. J'y cours.

(Elle sort.)

SCÈNE IV.

GABRIELLE, STÉPHANE.

STÉPHANE.

Enfin nous voilà seuls, et ce n'est pas sans peine !
Je me sentais monter des mouvements de haine
Contre ces importuns.

GABRIELLE, à elle-même.

Oui, c'est le seul parti.

(A Stéphane.)

Pour la première fois de mes jours j'ai menti,
Stéphane. J'ai menti tout à l'heure à ma tante;

A mon mari, demain, il faudra que je mente,
Et, s'il n'éclate pas, notre amour criminel
Condamnera ma vie au mensonge éternel.
Mais ma fierté ne peut s'arranger d'un tel hôte,
Et je ne joindrai pas la bassesse à la faute.
Aussi bien je vous dois et dois à mon époux
De n'être plus à lui lorsque je suis à vous.

STÉPHANE.

Etrange sympathie! étrange et que j'admire !
Ce que vous dites là, je venais vous le dire.
Notre amour dégradé ramperait sous ce toit,
Et nous voulons tous deux qu'il marche fier et droit.
Nous fuirons, n'est-ce pas ?

GABRIELLE.

Oui. Quand ?

STÉPHANE.

Cette nuit même.

On ne diffère pas une mesure extrême.

GABRIELLE.

La réprobation du monde nous attend,
Songez-y.

STÉPHANE.

Qu'elle vienne et je serai content!
Que ce monde irascible, et devant qui tout tremble,
Par son courroux nous lie à tout jamais ensemble ;
Je bénirai l'arrêt qui nous met hors la loi
Et ne vous laisse plus d'autre soutien que moi;
Car si jamais deux cœurs furent faits l'un pour l'autre,
N'est-ce donc pas le mien, Gabrielle, et le vôtre ?

GABRIELLE.

Hélas !

9

STÉPHANE.

Vous soupirez, chère femme, et vos yeux
Se baissent pour cacher des pleurs silencieux.
M'enviez-vous déjà cette joie ineffable,
Dites ?

GABRIELLE.

Qu'une rupture est chose lamentable,
Et comme le passé va nous enveloppant
D'imperceptibles nœuds qu'on ne sent qu'en rompant !
Tandis que vous parliez, — pardonnez ma faiblesse,
Stéphane, — il m'a semblé voir toute ma jeunesse
Se lever en pleurant et me tendre les bras
Comme pour me crier : Ne m'abandonne pas !

STÉPHANE.

Séchez, séchez vos yeux ! — quelle est cette démence ?
Votre jeunesse ? eh bien ! voici qu'elle commence !
Son véritable essor date de notre amour,
Et rien ne doit compter pour nous jusqu'à ce jour.
Commençons, ou plutôt recommençons la vie.
Nous chercherons un coin abrité de l'envie,
Où nous puissions en paix, loin de ce monde altier,
Nous être l'un à l'autre un monde tout entier !
Je sais, si vous voulez, un village en Bretagne,
Sur le bord de la mer, au pied d'une montagne ;
Nid d'amour vers lequel les bruits de l'univers
S'éteignent, par celui de l'Océan couverts !

GABRIELLE.

Eh bien ! préparez tout pour partir dans une heure.
Cette maison me navre ; il semble qu'elle pleure !
— Silence, on vient.

SCÈNE V.

STÉPHANE, JULIEN, GABRIELLE.

GABRIELLE, avec effroi.

Julien !

JULIEN, très calme ; il a des dossiers sous le bras.

Oui, c'est moi, mes amis.
Je vous reviens plus tôt que je n'avais promis ;
Mais mieux que la frayeur les heureuses nouvelles
Aux pieds du voyageur peuvent mettre des ailes.

STÉPHANE.

Quoi donc ?...

JULIEN.

Je vous rapporte un sujet de gala :
Monsieur le secrétaire intime, touchez là.

STÉPHANE.

Que veut dire ?...

JULIEN.

Parbleu, mon cher, cela veut dire
Que l'amitié n'est pas toujours un mot pour rire.

STÉPHANE.

Tant de chaleur me touche et j'en reste confus ;
Mais vous aviez sans doute oublié mon refus.

JULIEN.

Lorsque j'aime les gens, j'ajuste mes services
A leurs vrais intérêts et non à leurs caprices.
Donnez mon zèle au diable autant qu'il vous plaira,
Traitez-le d'indiscret, d'absurde et cætera,
Je ne m'émeus pas plus de votre rebuffade
Qu'un bon chirurgien des cris de son malade.

STÉPHANE.

Je suis reconnaissant à ce zèle parfait,
Mais je ne puis, monsieur, en accepter l'effet
Tant que mon père...

JULIEN.

                    Encor cette plaisanterie ?
Soyez donc une fois sérieux, je vous prie,
Et faites-moi l'honneur de ne pas me traiter
En précepteur bourru que l'on craint d'irriter.

STÉPHANE.

Mais si j'ai des raisons... impossibles à dire ?

JULIEN.

Dès qu'il en est ainsi, pardon, je me retire...
                    (Il va poser ses papiers sur la table.)
Non pourtant sans trouver assez blessant pour moi
Que dans mon amitié vous ayez si peu foi.

STÉPHANE.

Si mon secret était à moi seul, je vous jure...

JULIEN.

Oh ! oh ! voilà qui sent l'amoureuse aventure.
— Je m'en doutais.

STÉPHANE.

                    Alors, pourquoi m'interroger ?

JULIEN.

Contre vous-même, ingrat, je veux vous protéger.

STÉPHANE.

Épargnez-vous, monsieur, des remontrances vaines :
L'amour qui me dévore a coulé dans mes veines.

JULIEN.

Bien ! je ne prétends pas l'en tirer ; mais en quoi
Ce grand amour est-il contraire à votre emploi ?

Tout votre temps est donc pris par votre maîtresse?

STÉPHANE.

Elle est pure, monsieur, je n'ai que sa tendresse.

JULIEN.

D'où vient donc?...

STÉPHANE, avec embarras.

Elle veut que je parte, et je pars.

JULIEN.

Bah! ces voyages-là sont sujets aux retards.

STÉPHANE.

Je pars demain.

JULIEN.

D'honneur?

STÉPHANE.

D'honneur.

GABRIELLE, à part.

Quelle torture!

JULIEN.

Vous êtes, cher Stéphane, une noble nature,
Et celle qui vous pousse à pareille action
A, quelle qu'elle soit, mon admiration.

GABRIELLE, bas à Stéphane.

Dites la vérité, sa louange me tue.

STÉPHANE.

Votre éloge se trompe et je le restitue :
Je ne pars pas seul.

JULIEN, à part.

Dieu! —Tais-toi, cœur frémissant!
Il sera toujours temps de répandre du sang.

GABRIELLE.

Vous méprisez beaucoup cette femme?

9.

JULIEN, passant au milieu.

Au contraire.

Quand d'un amour funeste il n'a pu se distraire,
C'est un cœur bien placé qui seul peut consentir
A se perdre à jamais plutôt que de mentir.
D'ailleurs, à mon avis, l'adultère est un crime
Grotesquement ignoble à moins d'être sublime,
Comme un fleuve fangeux qui se change en égout,
Si dans sa véhémence il n'entraîne pas tout.

STÉPHANE.

Ainsi, vous approuvez... cette femme ?

JULIEN.

Oui, sans doute,

Puisqu'elle ne peut plus tenir la bonne route.
— A-t-elle des enfants ?

STÉPHANE, hésitant.

Elle en a.

JULIEN.

Je la plains...

Et je les plains aussi, ces pauvres orphelins.

STÉPHANE.

Ne les peut-elle pas emmener ?

JULIEN.

Et le père!!

— Ah bah! quelque crétin que rien ne désespère...
Car il serait aimé s'il aimait ses enfants!
Aussi n'est-ce pas lui que je plains et défends;
C'est vous, mon pauvre ami, c'est cette pauvre femme,
Qui d'un monde inflexible osez braver le blâme,
Sans soupçonner encor l'un ni l'autre, je crois,
Dans quel bois épineux vous taillez votre croix

Et quelle solitude immense, infranchissable
Il va se faire autour de votre amour coupable.

STÉPHANE.

Est-ce une solitude où l'on est deux ?

JULIEN.

C'est pis,

C'est un cachot où sont liés deux ennemis.
Car on sait trop comment ces unions boiteuses
Se changent à la longue en des chaînes honteuses
Où les deux enchaînés, l'un à l'autre cruels,
Se reprochent tout bas leurs regrets mutuels !

STÉPHANE.

Je suis sûr de ne rien regretter.

JULIEN.

Vous peut-être ;

Mais elle ! — Croyez-vous qu'à travers sa fenêtre
Elle verra passer d'un œil bien aguerri
La moindre paysanne au bras de son mari ?
Où que vous conduisiez son exil adultère,
Vous la verrez baisser les regards et se taire
Lorsque les bonnes gens se tenant par la main
Sans ôter leur chapeau passeront leur chemin.
Pauvre femme ! ses yeux errant dans l'étendue,
Comme pour y chercher la paix qu'elle a perdue,
Tâchent de découvrir par delà l'horizon
La place bienheureuse où fume sa maison,
La maison où jadis elle entra pure et vierge...
Tandis que derrière une chambre d'auberge
Garde pour compagnon à ses mornes douleurs
Un étranger pensif dont la vie est ailleurs !

STÉPHANE.

Non ! dites un amant dont le sourire efface
Ce que ses yeux en pleurs demandent à l'espace.

JULIEN.

(A Gabrielle.)

Croyez-vous donc... Crois-tu qu'il soit heureux l'amant?
Non ; dans son amour même il trouve un châtiment :
Plus il honorera sa maîtresse en épouse,
Plus le tourmentera sa mémoire jalouse;
Car elle aura beau faire, elle ne fera pas
Qu'un autre ne l'ait point tenue entre ses bras !
Elle peut bien donner son honneur et sa vie,
Sa beauté, tout... hormis sa pureté ravie,
Hormis la foi jurée et le lit nuptial
Et l'oubli d'un mari qui devient un rival.
Ce souvenir la souille ou du moins la profane...

(Mouvement de Gabrielle.)

Si tu doutes, crois-en la pâleur de Stéphane.

STÉPHANE.

Je saurai secouer ce triste souvenir.
Qu'importe le passé lorsque j'ai l'avenir?

JULIEN.

Il n'est pas de bonheur hors des routes communes :
Qui vit à travers champs ne trouve qu'infortunes.
Oubliez l'avenir tout comme le passé;
L'avenir est perdu pour vous, pauvre insensé !

STÉPHANE.

Tant mieux donc ! L'avenir dont le monde nous flatte
A la tranquillité d'une eau dormante et plate.
Mieux vaut la pleine mer avec ses ouragans,
Ses superbes fureurs, ses flots extravagants

Qui vous font retomber du ciel jusqu'aux abîmes
Pour vous lancer du gouffre à des hauteurs sublimes !
Les bonheurs négatifs sont faits pour les poltrons :
Nous serons malheureux... mais du moins nous vivrons.

JULIEN.

Voilà certe une belle et vive poésie.
J'en sais une pourtant plus saine et mieux choisie,
Dont plus solidement un cœur d'homme est rempli :
C'est le contentement du devoir accompli,
C'est le travail aride et la nuit studieuse,
Tandis que la maison s'endort silencieuse,
Et que pour rafraîchir son labeur échauffant
On a tout près de soi le sommeil d'un enfant.
Laissons aux cerveaux creux ou bien aux égoïstes
Ces désordres, au fond si vides et si tristes,
Ces amours sans lien et dont l'impiété
A l'égal d'un malheur craint la fécondité.
Mais, nous autres, soyons des pères — c'est-à-dire,
Mettons dans nos maisons, comme un chaste sourire,
Une compagne pure en tout et d'un tel prix
Qu'il soit bon d'en tirer les âmes de nos fils,
Certains que d'une femme angélique et fidèle,
Il ne peut rien sortir que de noble comme elle !
Voilà la dignité de la vie et son but !
Tout le reste n'est rien que prélude et début ;
Nous n'existons vraiment que par ces petits êtres
Qui dans tout notre cœur s'établissent en maîtres,
Qui prennent notre vie et ne s'en doutent pas
Et n'ont qu'à vivre heureux pour n'être point ingrats.
Ah ! mon ami, voilà la seule route à suivre,
La seule volupté dont rien ne désenivre !

Vous l'avez sous la main et vous la rebutez
Pour courir les hasards et les calamités !
Réfléchissez encore.

STÉPHANE.

Il est trop tard.

JULIEN.

Non, certe,

Il n'est jamais trop tard pour refuser sa perte.
Mais les femmes ont plus d'éloquence que nous :

(A Gabrielle.)

Achève, s'il se peut, de sauver ces deux fous.
Moi, je vous quitte. Il faut que je me débarrasse
En lieu sûr et sous clé de cette paperasse.

(Il passe à la table et y prend ses dossiers.)

(A part.)

J'ai fait pour la sauver un effort surhumain ;
Je laisse, Dieu puissant, le reste en votre main.

(Il sort à droite.)

SCÈNE VI.

STÉPHANE, GABRIELLE.

GABRIELLE, après un silence et sans lever les yeux.

Adieu, monsieur, adieu, pour toujours.

STÉPHANE, de même.

Oui, madame.

(Il sort lentement, la tête basse.)

SCÈNE VII.

GABRIELLE, seule.

O Dieu ! quelle lumière il se fait dans mon âme !

Au bord de quel abîme, aveugle, je courais !
Sans Julien, malheureuse ! à présent j'y serais...
Mais quelle autorité dans son langage ! et comme
L'autre n'est qu'un enfant à côté de cet homme !

SCÈNE VIII.

JULIEN, GABRIELLE.

JULIEN.

Stéphane ?...

GABRIELLE.

Il est parti, pour ne rentrer jamais.
Il est parti, monsieur, parce que je l'aimais.
Cette femme, c'est moi — Que mon sort s'accomplisse :
Je ne murmure pas contre votre justice.

(Elle tombe à genoux.)

JULIEN.

Relève-toi, ma fille. Ai-je vraiment le droit
D'être un juge orgueilleux et dur à ton endroit ?
Dans ton égarement d'un jour, je me demande
Lequel de nous, pauvre âme, eut la part la plus grande,
Lequel doit s'accuser, toi qui m'as oublié,
Ou bien sur mon trésor moi qui n'ai pas veillé ;
Moi qui, dans mon travail absorbé sans relâche,
M'imaginant ainsi remplir toute ma tâche,
Sans m'en apercevoir ai perdu jour par jour
Les soins et le respect, ces gardiens de l'amour,
Et qui suis devenu dans ma lutte obstinée
Un autre homme que l'homme à qui tu t'es donnée !
Tu le vois, mon enfant, dans ce pas hasardeux
Tous deux avons failli ; pardonnons-nous tous deux.

GABRIELLE.

Oh ! vous êtes clément comme un dieu !

JULIEN.

Comme un père.

Mais je regagnerai ton amour, je l'espère...

GABRIELLE.

Me rendrez-vous le vôtre ?

(Il l'attire dans ses bras.)

SCÈNE IX.

TAMPONET, en robe de chambre, JULIEN, GABRIELLE,
ADRIENNE.

TAMPONET, enrhumé et prononçant les *m* en *b*.

O le charmant tableau !

LUCIEN.

Quelle voix !

TAMPONET.

Oui, je suis enrhumé du cerveau.

C'est votre jeune ami qui, d'humeur folichonne,

S'est délivré de moi tantôt dans une tonne...

Mais je m'en vengerai par un mot fort piquant

Et ne parlerai plus de lui qu'en m'en moquant.

ADRIENNE, à Gabrielle.

Que te semble à présent de mon petit système ?

GABRIELLE, tendant la main à Julien.

O père de famille ! ô poëte ! je t'aime !

FIN.

Du même Auteur.

LA CIGUË

COMÉDIE EN DEUX ACTES ET EN VERS.

L'HOMME DE BIEN

COMÉDIE EN TROIS ACTES ET EN VERS.

L'AVENTURIÈRE

COMÉDIE EN CINQ ACTES ET EN VERS.

IMPRIMERIE DE GUSTAVE GRATIOT.

www.ingramcontent.com/pod-product-compliance
Lightning Source LLC
Chambersburg PA
CBHW060833250626
47162CB00005B/2055